SIC SE
RIDENDVM
DAT DERIS
ORIBVS
ORBIS

LE
IODELET
OV LE
Mᵉ VALET
COMEDIE

A PARIS,

Chez TOVSSAINGT QVINET au Palais,

fous la montée de la Cour des Aydes.

M. DC. XXXXV.

AVEC PRIVILEGE DV ROY.

LE
IODELET
OU LE
M. VALET

A PARIS,
Chez TOVSSAINCT QVINET, au Palais,

M. DC. XXXXV
AVEC PRIVILEGE DV ROY.

A
MONSIEVR
LE COMMANDEVR
DE SOVVRE.

ONSIEVR,

Il faudroit que ie fuſſe
auſſi ingrat que malade, ſi
je ne vous dédiois pas ma Comedie,
& auſſi fou qu'ingrat ſi ie pretendois
en vous la dédiant me deſgager aſſez
enuers vous des obligations que je
vous ay, je vous paye ſeulement vne
petite partie d'vne debte dont je ne

me pourray jamais acquitter, ou plûtost je vous donne vne chose en laquelle vous auez déja grande part, puis que je ne l'ay pû faire que lors que mes maux m'ont donné quelque relasche, & que c'est vous qui me les auez rendus plus supportables qu'ils n'estoient en me faisant toûjours l'hôneur de m'aimer tout malheureux que je suis. Et ce bon-heur là dont ie ne puis trouuer en moy la cause, mais seulement en vôtre generosité, me console si bien que i'ose quelquefois me vanter de rire la plume à la main contre les plus enjoüez & les plus heureux. Ie ne doute point que quelques-vns ne disent que ma Comedie n'est qu'vne farce, & si ie me vante de l'auoir faite en trois semaines, qu'il ne se puisse trouuer quelque homme triste, qui me vienne rompre dans la visière, en me disant que i'ay escrit bien des sottises en peu de temps. Mais vous voulez bien, Mon-

fieur, que ie me ferue de vôtre nom
pour le confondre, & que ie luy dife
que vous n'eftes pas de ceux qui rient
d'vne chofe froide, ou qui fe laiffent
emporter au rire des autres, & cependant qu'elle vous a pleu. A vous donc
l'efprit & la conduite ont paru auec ef-
clat dans quatre ou cinq Cours les plus
renommées & les plus delicates de
l'Europe. Ie voudrois qu'auffi bien
que de voftre efprit il fuft icy à propos
de parler de voftre courage, que vous
auez exercé fi dignement dans la France, dans l'Italie, & dans les Mers de Le-
uant. Mais l'Hiftoire de noftre temps
ne s'en taira pas, & certes elle vous fera grande injuftice fi toutes les fois
qu'elle parlera de vous, elle ne le fait
auec Eloge, & fi elle efpargne rien du
luftre qu'elle a accouftumé de donner
aux belles actions, toutes les fois qu'elle parlera des vôtres, ou nommera les

lieux où vous les aurez faites. Ie ne
vous amuſeray pas dauantage auec mon
Epiſtre Liminaire, les meilleures de ce
genre là ſont les plus courtes, parce
qu'elles importunent le moins : Ie la
finiray donc comme on finit toutes les
autres, en vous aſſeurant que ie ſuis de
toute mon ame,

MONSIEVR.

Voſtre tres-humble, tres-obeïſſant,
& tres-obligé ſeruiteur,
SCARRON.

LOVIS PAR LA GRACE DE DIEV, Roy de France & de Nauarre. A nos amez & feaux Conseillers les Gens tenans nos Cours de Parlement, Maistres des Requestes ordinaires de nostre Hostel, Baillifs, Seneschaux, Preuosts, leurs Lieutenans & à tous autres de nos Iusticiers & Officiers qu'il appartiendra Salut. Nostre cher & bien amé Toussainct Quinet Marchand Libraire de nostre bonne ville de Paris, Nous a faict remonstrer qu'il desireroit faire imprimer vne piece de Theatre, intitulé *le Jodelet où le maistre Vallet, Comedie de Sçaron*, ce qu'il ne peut faire sans auoir sur ce nos lettres, humblement requerant icelles. A ces causes desirant fauorablemét traitter ledit exposant, nous luy auons permis & permettons par ces presentes de faire imprimer vendre & debiter en tous lieux de nostre obeissance ledit liure en telle marge & tels caracteres & autant de fois que bon luy semblera, durant le temps & espace de CINQ ANS, entiers & accomplis, a conter du iour que ledit liure sera acheué d'imprimer pour la premiere fois, & faisons tres expresses deffences à toutes personnes de quelques qualité &

ē

condition qu'elles soient de l'imprimer, faire imprimer vendre ny debiter durant ledit temps en aucun lieu de nostre obeissance, sans le consentement
de l'exposant sous pretexte d'augmentation, corre-
ction changemens de tiltre, fauces marques, ou autres en quelques sortes & manieres que ce soit,
apeine de trois mil liures d'amende payable sans de-
port, Nonobstant oppositions ou appellations quel-
conques par chacun des contreuenans, applicable
vn tiers à nous, & vn tiers à l'Hostel Dieu de nostre
bonne ville de Paris, & l'autre tiers audit exposant,
confiscation des exemplaires contrefaicts, & de
tous despens dommages interests, à condition qu'il
en sera mis deux exemplaires en nostre Bibliothec-
que publique, & vn en celle de nostre tres cher &
feal le sieur Siguier Cheualier Chancelier de France,
auant que de les exposer en vente, apeine de nullité
des presentes, du contenu desquelles nous vous
mandons que vous fassiez iouïr & vser pleinement
& paissiblement ledit exposant, & tous ceux qui au-
ront droict de luy sans aucun empeschement,
voulons aussi qu'en mettant au commencement ou
à la fin dudit liure vn extraict des presentes, elles
soient tenues pour deuement signifiées, & que foy
y soit adioustée, & aux coppies d'icelles collation-
nées par l'vn de nos amez & feaux Conseillers &
Secretaires comme à l'Original. Mandons aussi au
premier nostre Huissier ou Sergent sur ce requis de

faire pour l'execution des presentes tous exploits necessaires, sans demander autre permission. Car tel est nostre plaisir, nonobstant Clameur de Haro, & Chartres Normandes , & autres lettres à ce contraires. DONNE' à Paris , le vingtcinquiesme iour d'Auril, l'an de grace mil six cens quarante cinq , & de nostre regne le deuxiesme.

Par le Roy en son Conseil,

LE BRVN

Acheué d'imprimer pour la premiere fois le vingtsixiesme May. 1645.

Les Exemplaires ont esté fournies.

PERSONNAGES.

DOM IVAN, Daluarade.

DOM LOVIS, de Rochas.

DOM FERNAND, de Rochas.

ISABELLE, de Rochas.....

LVCRESSE, de d'Aluarade.

IODELET, valet de DOM IVAN d'Aluarade.

ESTIENE, valet de DOM LOVIS de Rochas.

BEATRIS, seruante d'Isabelle.

La SCENE est à Madrid.

IODELET
OV LE
MAITRE VALET,
COMEDIE.

ACTE I.
SCENE PREMIERE.

IODELET, DOM IVAN.

IODELET.

 Vy ie n'en doute plus, ou bien vous estes
    fou,
Ou le Diable d'Enfer qui vous casse le cou
A depuis peu chez-vous esleu son domicille
Arriuer à telle heure en vne telle ville,

A

IODELET,

Courir toute la nuit sans boire ny manger,
Menacer son valet, & le faire enrager.

DOM IVAN.

Taisez vous maistre sot, cette rüe où nous som-
mes
Est celle que ie cherche.

IODELET.

     O le plus fou des hommes!
Et qui voulez vous faire apres minuit sonné?
Aller voir Dom Fernand.

DOM IVAN.

      Oüy tu l'as deuiné,
Ie veux des cette nuit aller voir Isabelle.

IODELET.

Des cette nuit plûtost vous broüiller la ceruelle,
Si ceruelle chez vous est encore à broüiller.

DOM IVAN.

Si faut il Iodelet te resoudre à veiller,
Quelque las que tu sois, quelque faim qui te tüe,
Ie ne suis pas d'auis de sortir de la rüe,

Sans auoir veu de pres l'objet de mon amour,
Le deussay-ie chercher iusques au point du jour.

IODELET.

Ressouuien toy mortel qu'il est tantost vne heure
Que l'on n'ouurira point où Dom Fernand demeu-
Que nous sommes partis ce matin de Burgos, [re,
Que tantost sur mulets, & tantost sur cheuaux
Nous auons vous & moy, grace à vostre Himenée,
Couru comme des foux le long de la iournée,
Et que toute la nuit faire le Chat-huan
Est tres grande folie au Seigneur Dom Iuan.

DOM IVAN.

Ressouuien toy mortel que n'aymer que sa gueule,
Que ne viure icy bas rien que pour elle seule
Est estre pis que beste, & donc, ô Iodelet,
Vous n'estes qu'vne beste, habillée en valet.

IODELET.

Que ie hay les railleurs!
DOM IVAN.
Que ie hay les yurognes!

IODELET.

Que ie hay les Amans & leurs mourantes trognes!

A ij

IODELET,

DOM IVAN.

Moy que i'ayme Isabelle, & que son seul portrait
Me perce iusqu'au cœur d'vn redoutable trait.

IODELET.

Vous estes donc de ceux qu'vne seule peinture
Remplit de feu Gregeois, & met à la Torture,
Et si Monsieur le Peintre a bien fait vn museau,
S'il s'est heureusement escrimé du pinceau,
S'il vous a fait en toile vn adorable idole
L'original peut estre vne fort belle folle,
Sa bouche de Corail peut enfermer dedans
De petits os pourris au lieu de belles dents,
Vn pourtrait dira t'il les deffauts de sa taille,
Si son corps est armé d'vne iaque de maille,
S'il a quelques esgouts outre les naturels
Accident tres-contraire aux appetits charnels :
Enfin si ce n'est point quelque horrible Squelette
Dont les beautez la nuit sont dessous la toillette,
Ma foy si l'on vous voit de femme mal pourueu
Puisque vous vous coiffez, deuant que d'auoir veu,
Vous ne serez pas plaint de beaucoup de personnes.

DOM IVAN.

Sçay tu bien Iodelet alors que tu raisonnes,

Qu'il n'est pas sous le Ciel vn plus fascheux que toy.

IODELET.

Il n'est pas sous le Ciel vn plus fasché que moy
Quand il faut à tastons courir de ruë en ruë,
Ou dessous vn Balcon faire le pied de gruë.

DOM IVAN.

Iodelet.

IODELET.

Dom Iuan.

DOM IVAN.

Sans doute mon portrait
Enuers mon Isabelle aura fait son effet,
I'y suis peint à rauir.

IODELET.

Ie sçay bien le contraire.

DOM IVAN.

Que dis tu?

IODELET.

Ie vous dis, qu'il n'a fait que desplaire.
A iij

DOM IVAN.

D'où diable le sçay tu ?

IODELET.

D'où ? ie le sçay fort bien,
Parce qu'au lieu du vostre elle a receu le mien.

DOM IVAN.

Traistre si tu dis vray, mais ie croy que tu railles,
I'iray chercher ta vie au fonds de tes entrailles.

IODELET.

Venez la donc chercher, car ie ne raille point,
Mais en frappant mon corps, espargnez mon pour-
point.

DOM IVAN.

Ne pense pas tourner la chose en raillerie,
Di comment l'as-tu fait ?

IODELET.

Vous estes en furie.

DOM IVAN.

Ouy i'y suis tout de bon, ie n'y fus iamais tant.

IODELET.

Lors qu'auec bon congé du Cardinal Infant,

Et lettres de faueur nous partifmes de Flandre.

DOM IVAN.

Et bien.

IODELET.

Efcoutez donc, & vous l'allez apprendre,
Le defir violent de vous voir à Burgos
Vous fit aller bien vifte, & par monts & par vaux,
Le voyage fut court, mais à voftre arriuée
Vn frere mis à mort vne fœur enleuee,
Sans fçauoir ou, par qui, ny pourquoy, ny comment
Vous penferent quafi gafter le iugement.

DOM IVAN.

A quel propos mefchant viens-tu r'ouurir ma playe
Par le reffouuenir d'vne perte trop vraye.
Ha! frere non vengé, fœur qui m'oftes l'honneur,
Et de ton affaßin & de ton fuborneur,
Ie fçauray par mon bras fi bien me fatisfaire
Que ie pourray vanter ce que i'auois à taire:
Mais venons au Portrait.

IODELET.

I'y vay tant que ie puis,
Mais ma foy ie ne fçay quafi plus où i'en fuis,

Ie ne fay que tirer & rengainer ma langue:
Car vous interrompez à tous coups ma harangue,
Ie n'ay pourtant rien dit qui ne soit à propos.

DOM IVAN.

Que ne raconte-tu la chose en peu de mots?

IODELET.

Ie ne puis ny parler tandis qu'vn autre cause,
Pour moy ie dis tousiours par ordre chaque chose:
Or pour voſtre pourtrait que i'auois oublié.

DOM IVAN.

Iamais ses longs discours ne m'ont tant ennuyé.

IODELET.

A peine fuſmes nous de retour en Caſtille
Que Fernand de Rochas vous propoſa ſa fille,
Là deſſus ſon Portrait qui vous fut apporté
Vous rendit plus bruſlant que le Soleil d'Eſté,
Vingt mil eſcus eſtoient offerts auec la belle,
Et vous pour la charmer comme vous l'eſtiez d'elle
Vous vouluſtes auſſi qu'elle euſt voſtre Portrait,
Ainſi vous la frappiez auec ſon meſme trait:
Lors à bon chat bon rat, & la pauure Donzelle
Eſtoit pour en auoir profondement dans l'aiſle,

Le

Le ftratageme eftoit d'Amant bien rafiné,
Mais le Ciel autrement en auoit ordonné,

DOM IVAN.

En fin finiras-tu quelque iour ton hiftoire?

IODELET.

Ouy Seigneur, mais il faut vous remettre en memoire,
Car pour moy ie fuis las de me reffouuenir.

DOM IVAN.

Fuffe tu las auffi de tant m'entretenir,
I'ay bien icy befoin de patience extréme.

IODELET.

Vous vous fouuiendrez donc que voftre Peintre mefme
Me voulut peindre auffi.

DOM IVAN.

Pourfuy, ie le fçay bien.

IODELET.

Sçauez vous bien auffi qu'il ne m'encoufta rien,

Et que ce bon Flamand est braue homme, ou il
meure.

DOM IVAN.

Et bien croy tu pouuoir acheuer dans vne heure,
As-tu bruslé, vendu, beu, mangé mon Portrait?
L'ay-ie encore, l'a t'elle, en fin qu'en as-tu fait?

IODELET.

Donnez-moy patience, & vous l'allez apprendre,
Mais retournons chez nous, & laissons l'a la Flan-
dre,
Comme i'estois apres à vous empaqueter,
Vous sçauez que ie suis tres facile a tenter,
Et que le Ciel m'a fait curieux de nature,
Pour vostre grand malheur i'auisay ma peinture,
Celle qu'au pais-bas comme ie vous ay dit,
Sans qu'il m'en coustast rien vostre Peintre me fit,
Ie la mis aussitost vis à vis de la vostre,
Pour voir si l'vne estoit aussi belle que l'autre,
Lors ie ne sçay comment le Diable s'en mesla,
Ni ne vous puis conter comment se fit cela,
La mienne prit la poste, & la vostre restée,
Fit que i'eus quelques jours la teste inquietée,
Mais le temps qui dissipe & chasse les ennuis,
M'ayant fauorisé de quelques bonnes nuits,

Ie me suis de fasché de peur d'estre malade:
Vous si vous me croyez sans faire d'incartade,
Vous ne songerez plus au mal que i'ay commis,
Puis que c'est par mesgarde, il doit estre remis,
Voila la verité, comme on dit, toute nuë.

DOM IVAN.

Et qu'aura t'elle dit de ta face cornuë?
Chien, qu'aura t'elle dit de ton nez de Blereau?
Infame.

IODELET.

Elle aura dit que vous n'estes pas beau,
Et que si nous estions artisans de nous mesmes,
On ne verroit par tout que des beautez extrémes,
Qu'vn chacun se feroit le nez effeminé,
Et que vous l'auez tel que Dieu vous l'adonné,
Mais que mal à propos peu de chose vous choque,
Si vous pouuez demain luy conter l'equiuoque,
Quand elle vous verra brillant comme vn Phebus,
Vous me remercirez d'vn si plaisant abus.

DOM IVAN.

Paix là, ie voy quelqu'vn qui sçaura bien peut
estre
Ou loge Dom Fernand, va le ioindre.

B ij

IODELET.

Mon maistre.

DOM IVAN.

Que veux-tu? parle bas.

IODELET.

Peut estre il n'en sçait rien.

DOM IVAN.

Ha malheureux poltron: tu meriterois bien
Qu'il te donnast cent coups.

IODELET.

Il le pourra bien faire

Caualier.

SCENE II.

ESTIENNE, IODELET, DOM IVAN,
ESTIENNE.

Q*Vi va là?*

IODELET.

Soit dit sans vous desplaire
Où loge Dom Fernand?

ESTIENNE.

C'est icy sa maison.

IODELET.

Ha vraymēt pour le coup mon maistre auoit raison,
Le beau pere est trouué, venez, viste son gendre,
Nous n'auons qu'à fraper.

<small>Hauf-
fant la
voix.</small>

ESTIENNE.

Et moy ie vien d'apprendre
Que ie suis un vray sot de leur auoir monstré,

B iij

Ou mon maistre tantost est en cachette entré,
Et d'où ie le tiens prest de sortir tout à l'heure,
Mais i'y veux donner ordre.

DOM IVAN.

Est icy qu'il demeure?

ESTIENNE.

Ouy, mais il est malade, & n'aime pas le bruit
Quelles gens estes vous?

IODELET.

Nous n'allons que la nuit,
Nous portons à la nuit amitié singuliere,
Et serions bien faschez d'auoir veu la lumiere :
Nous sommes de Noruege, vn païs vers le Nort,
Où maudit d'vn chacun est tout homme qui dort :
Pour moy ie ne dors point, voyez vous là mon mai-
stre ?
C'est le plus grand veilleur qui se trouue peut estre.

ESTIENNE.

Ou plustost vn volleur qui me fera raison
De m'auoir l'autre iour surpris en trahison,

Ouy ie le connois bien , *es* vous estiez ensemble:

IODELET.

Homme vn peu bien colere , *es* bien fou , ce me
    semble,
Sçachez si nous l'estions la moitié tant que vous,
Que de ma blanche main vous auriez mille coups,
Et si vous ne fuyez, que cette mienne lame
N'aura plus de fourreau que celuy de vostre ame:
Mon maistre auancez vous, ie commence à mollir,
Et sans l'obscurité vous me verriez pallir.

DOM IVAN.

A moy Rustaut , à moy que ie vous ciuilise.

ESTIENNE.

Si faut il, Tenebreux , que ie vous dépayse,
A deux cens pas d'icy , quoy que vous soyez deux,
Si vous osez me suiure on sy battra bien mieux.

DOM IVAN.

Ouy-da , ie vous suiuray.

IODELET.

          La peste comme il drille,
I'ay pourtant eu frayeur de ce chien de soudrille,

Autrement sans peril ie luy cassois les os:
Fois ie n'auray iamais poltron plus à propos,
Mais d'où diable est sorty cet autre vilain homme?

SCENE III.

DOM LOVIS, IODELET, DOM IVAN.

DOM LOVIS.

E*stienne.*

IODELET.

L'on y va

DOM IVAN.

C'est son valet qu'il nomme,
Celuy qui deuant nous vient de gagner au pié.

DOM LOVIS.

Ou ie me trompe fort, ou ie suis espié,
Mais la rumeur icy troubleroit Isabelle,
Et ie dois mespriser l'honneur pour l'amour d'elle,
Fuyons

Fuyons puis qu'il le faut.

DOM IVAN.

Demeure, ou tu es mort
Demeure encor vn coup.

IODELET.

Diantre qu'il pouſſe fort

DOM IVAN.

Dis ton nom viſtement, ou ie t'oſte la vie.

IODELET.

Ie ſuis Dom Iodelet natif de Sigouie.

DOM IVAN.

Au Diable le maraut, & l'homme du Balcon.

IODELET.

Il s'en eſt enuolé leger comme vn faucon,
Et moy ſot que ie ſuis ie vuidois ſa querelle
Tandis que le poltron enfiloit la venelle,
De deux grands vilains coups que vous m'auez
    pouſſe
I'ay creu mes inteſtins par deux fois offencez,

C

Vous estes vn peu prompt, mais de grace mon mai-
stre,
On sort donc à Madrid ainsi par la fenestre:
Vous ne me dittes mot.

DOM IVAN.

L'as-tu bien entendu?

IODELET.

Ouy.

DOM IVAN.

I'en suis tout confus.

IODELET.

Et moy tout confondu.

DOM IVAN.

Ie ne doy pas icy rien faire à la volée.

IODELET.

Vous auez, ce me semble, vn peu l'ame troublée.

DOM IVAN.

Ouy ie l'ay, Iodelet, & i'en ay du suiet,
Mais raisonnons vn peu là dessus.

IODELET.

C'est bien fait.
Raisonnons, aussi bien i'en ay tres grande enuie,
Et ie ne pense pas durant toute ma vie
Auoir esté iamais en mes raisons si fort:
Raisonnons donc mon maistre, & raisonnons bien
fort.

DOM IVAN.

Ie suis né dans Burgos pauure, mais d'vne race
Exempte iusqu'à moy de honte & de disgrace:

IODELET.

Fort bien.

DOM IVAN.

A mon retour de la guerre à Burgos
Ie me trouue attaqué de deux differens maux,
Le meurtre de mon frere, & ma sœur enleuée,
Quoy que soigneusement dans l'honneur esleuée
Me causent vn chagrin qui n'eut iamais d'esgal.

IODELET.

Fort mal, fort mal, fort mal, & quatre fois fort
mal.

C ij

DOM IVAN.

Dom Fernand me choisit pour espoux d'Isabelle,
Ton pourtrait pour le mien est receu de la belle.

IODELET.

Pas trop mal.

DOM IVAN.

Nous traittons cette affaire sans bruit,
Et ie pars pour Madrid où i'arriue de nuit.

IODELET.

Vn peu mal.

DOM IVAN.

Sans songer, à me chercher vn giste,
Mon amour droit icy m'ameine.

IODELET.

Vn peu trop viste.

DOM IVAN.

Ie rencontre vn valet où loge Dom Fernand
Qui me fait à dessein querelle d'Alemand,
I'en voy sortir son maistre.

IODELET.

Il est vray qui destale
Comme un poltron qu'il est.

DOM IVAN.

Mais de peur du scandale,
Certes il ne vint point à nous comme un poltron.

IODELET.

Comment y vint-il donc le malheureux larron?

DOM IVAN.

Il y vint Iodelet comme aymé d'Isabelle.

IODELET.

Fort mal.

DOM IVAN.

Et c'est cela qui me met en ceruelle.

IODELET.

Raisonnons donc encore.

DOM IVAN.

Ah ne raisonne plus,
Tes sots raisonnemens sont icy superflus.

C iij

Atten certain conseil que l'amour me suggere,
Guerira mes soupçons, c'est en toy que i'espere:
Il faut que dés demain, ô mon cher Iodelet,
Tu passes pour mon maistre, & moy pour ton valet:
Ton portrait supposé fait icy des merueilles,
Qu as-tu cher Iodelet, tu bransle les oreilles?

IODELET.

Tous ses deguisemens sentent trop le baston,
I'ayme mieux raisonner, & puis que diroit on,
Dom Iuan est valet, & Iodelet est maistre,
Et si par grand malheur, car enfin tout peut-estre,
Vostre maistresse m'aime, & si ie l'aime aussi.

DOM IVAN.

De cela Iodelet ne prend aucun soucy,
Le mal sera pour moy, mais durant cette feinte
Les trop iustes soupçons dont mon ame est atteinte
Pourront estre esclaircis, car comme Iodelet
Ie feray confidence auecque ce valet,
Ie feray l'amoureux de la moindre soubrette,
Mes presens ouuriront l'ame la plus secrette,
Toy mangeant comme vn chancre, & buuant com-
me vn trou,
Paré de chaine d'or comme vn Roy de Perou

Sans prendre aucune part à ma melancolie.

IODELET.

Ie commence à trouuer l'inuention iolie.

DOM IVAN.

Chez le bon Dom Fernand tu seras regalé,
Et moy de mes soupçons sans cesse bourelé,
Ie me verray reduit à te porter enuie
Sans espoir de guerir durant ma triste vie.

IODELET.

Et ie ne pourray pas pour mieux representer
Le Seigneur Dom Iuan quelque fois charpenter
Sur vostre noble dos, bien souuent ce me semble,
Vous en vsez ainsi.

DOM IVAN.

   Quand nous serons ensemble
Tous seuls & sans tesmoins, ouy ie te le permets.

IODELET.

Potages mitonnez sauoureux entremets,

Bisques, pastez, ragous, enfin dans mes entrail-
les.
Vous serez digerez, & vous lasches canailles,
Courtisans de Madrid, luisans, polis & beaux
Nous vous en fournirons des cocus de Burgos.

Fin du premier Acte.

ACTE II.

ACTE II.

SCENE PREMIERE.

ISABELLE, BEATRIS,
ISABELLE.

Royez moy Beatris , faites voſtre pa-
    quet,
Sans penſer m'esblouir auec voſtre ca-
    quet,
Ie ne veux plus de vous.

BEATRIS.

Et du moins que ie ſçache
Pour quel mal contre moy ma maiſtreſſe ſe faſche.

ISABELLE.

Vous ne le ſçauez pas?

D

BEATRIS.

Ma foy si i'en sçay rien,
Ne puissay-ie jamais hanter les gens de bien.

ISABELLE.

N'importe, ie vous chasse.

BEATRIS.

Et bien donc patience,
Ie n'ay pourtant rien fait contre ma conscience,
Et ie veux si iamais i'ay contre vous manqué
Creuer comme vn boudin que l'on n'a pas picqué:
Tout ce mal-cy me vient de quelque ame trai-
    stresse,
Et tout mon peché n'est qu'aimer trop ma maistresse
Vrayment l'on dit bien vray que tousiours les fla-
    teurs,
Sont plus crus mille fois que les bons seruiteurs.

ISABELLE.

Ouy dame Beatris, vous estes innocente,
Il n'est point dans Madrid de meilleure seruante:
Vous n'auez point ouuert mon Balcon cette nuit,
Vous n'alliez pas nus pieds pour faire moins de
    bruit.

BEATRIS.

Helas, ie m'en souuiens, c'estoit vostre dentelle
Que i'auois mis seicher dessus vne ficelle,
Et i'eus peur que la nuit on la prit en ce lieu.

ISABELLE.

Vous ne parlastes point.

BEATRIS.

C'est que ie priois Dieu.

ISABELLE.

Quoy si haut...

BEATRIS.

Ie le fais, affin que Dieu m'entende,
Et la deuotion en est beaucoup plus grande.

ISABELLE.

Et l'homme qui sauta de mon Balcon en bas,
Estoit-ce ma dentelle?

BEATRIS.

Ah! ne le croyez pas.

D iij

ISABELLE.

Ie l'ay veu, Beatris.

BEATRIS.

Ha ma bonne maiſtreſſe,
Il eſt vray Dom Louis.

ISABELLE.

Ah Dieu ce nom me bleſſe,
Quoy ce fut Dom Louis?

BEATRIS.

Ouy voſtre beau couſin.

ISABELLE.

Mon beau couſin, meſchante, & pour quel beau
deſſein
L'auiez vous introduit infame, abominable?

BEATRIS.

Si c'eſt vn grand peché que d'eſtre charitable,
Vous auez grand ſuiet de me crier bien fort,
Mais ſi vous m'eſcoutiez ie n'aurois pas grand tort.

ISABELLE.

Vous parlerez long temps auant que ie vous croye.

BEATRIS.

Ne puißiez vous iamais souffrir que ie vous voye,
Si ie ne vous di vray, ce fut donc hier au soir
Que le bon Dom Louis vint icy pour vous voir,
A cause qu'il pleuuoit ie le mis dans la salle,
Ce fut bien malgré moy, car ie crains le scandale,
Mais le drosle qu'il est entra bon gré mal gré,
Tost apres i'entendis cracher sur le degré
Vostre pere Fernand, vous scauez bien qu'il crache
Plus fort qu'aucun qui soit dans Madrid que ie
*   scache :*
Au bruit de ce crachat Dom Louis se sauua
Dedans vostre Balcon qu'entr'ouuert il trouua,
Ie l'enfermois encor lors que vous arriuastes,
Auecque le vieillard tres-long-teps vous causastes,
Cependant Dom Louis le Balcon habitoit,
Ou de vos longs discours peu content il estoit :
En fin quand ie vous vis dans le lit assoupie,
Moy qui suis de tout temps encline a l'œuure pie
Ie l'allay déliurer tres-charitablement,
Il me dit qu'il vouloit vous parler vn moment.
Ie dis nescio vos, & luy chantay goguette,
Disant, allez chercher vostre Dariolette,

Vn autre l'euſt ſeruy, car il parloit des mieux,
Et ie voyois tomber les larmes de ſes yeux:
Mais lors qu'en me coulat en main quelques piſtol-
Et qu'en me coniurant de ſes belles parolles,   [les,
En m'appellant mon cœur, ma chere Beatrix,
Il m'eut mis dans le doigt vne bague de prix,
Ie veux bien l'auoüer, i'eus vne telle rage
Que ie penſay deux fois luy ſauter au viſage.
Non que tous ſes regrets ne me fiſſent pitié,
Et vrayment ie le tiens de fort bonne amitié:
Mais dans vos intereſts ie ne connois perſonne,
Brebis par tout ailleurs i'y ſuis vne Lionne,
Et luy ſi toſt qu'il vit que ce n'eſtoit plus ieu
Que de fine fureur i'auois la face en feu.
Du Balcon ſans tarder il ſauta dans la ruë
Où i'entendis crier toſt apres tuë tuë,
Voila ce grand ſuiet de mon excluſion,
Et le iuſte loyer de mon affection,
Il faut bien que ie ſois fille peu fortunée,
Ie fondois mon bon heur deſſus voſtre hymenée,
Et ſi de Dom Iuan qu'on dit eſtre venu
Mon zelle à vous ſeruir pouuoit eſtre conneu
Ie n'eſperois pas moins.

ISABELLE.

        Quoy Dom Iuan encore
Vn homme que ie crains, vn homme que i'abhorre

Apres vn Dom Louis m'est par vous allegué,
Pretendez vous par là me rendre l'esprit gay;
A dieu fille de bien que plus ie ne vous voye.

BEATRIS.

Au diable Dom Louis, c'est là que ie t'enuoye,
Maudit soit le badaut, & l'amoureux transi,
Le malheureux qu'il est me cause tout cecy,
Est il dedans Madrid fille plus malheureuse?

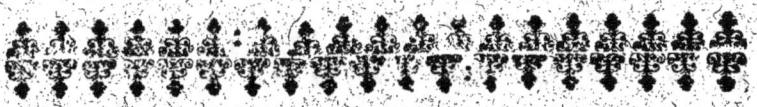

SCENE II.

DOM FERNAND, BEATRIS, IZABELLE,

DOM FERNAND.

QV'auez vous Beatris, vous faittes la pleureuse.

BEATRIS.

Vostre fille me chasse, & si ie n'ay rien fait
Que luy representer qu'elle doit en effet
Agreer Dom Iuan, parce qu'il le merite,
Et que vous le voulez.

DOM FERNAND.

La cauſe eſt bien petite
Pour vous mettre dehors, & ma fille a grand tort,
Mais pour vous raiuſter ie feray mon effort ,
Faittes la moy venir, ſouuent mon Iſabelle,
Et cette Beatris ont enſemble querelle,
Tantoſt c'eſt pour vn mot de trauers reſpondu,
Pour vn miroir caſſé, pour du blanc reſpandu,
Souuent auſſi ce n'eſt que pour vne vetille,
C'eſt à dire pour rien, mais i'apperçoy ma fille,
Ce n'eſt pas la ſaiſon de chaſſer des vallets
Quand il ne faut penſer qu'a dances & balets :
Pour moy tout le premier ie veux faire gambade,
Car i'eſpere auiourd'huy Dom Iuan d'Aluarade.

ISABELLE.

Eſperez, eſperez, cét agreable Eſpoux,
Moy i'eſpere la mort moins cruelle que vous.

DOM FERNAND.

Ie ſuis dõc bien cruel, puis qu'elle eſt moins cruelle,
Vrayment noſtre Iſabeau vous nous la baillez-
belle.
Ah ! que ſi ie croyois mon eſprit irrité,
Voſtre ieune muſeau ſe verroit ſouffletté,

Et

Et si ie faisois bien, qu'auec ces deux mains closes
Ie ternirois de lis & fanerois de roses:
Vous voulez volontiers quelque godelureau
Qui methodiquement vous lesche le morueau,
Vn faiseur de recueils, vn debiteur de rimes,
Vn de ces libertins qui causent aux minimes,
Vn plisseur de canons, vn de ces faineans,
Qui passent tout vn iour a noüer des galans,
Ou se faire trainer couchez dans vn carosse,
Si ie luy faisois playe, ou du moins vne bosse,
Ne ferois-ie pas bien ? qu'en dis-tu ma raison,
Puis ie oublier sa faute a moins que d'estre Oyson?
La Coquine s'en rit, & ie veux qu'elle en pleure,
Et moy i'en ris aussi, peu s'en faut ou ie meure,
Quand quelqu'vn pleure ou rit, i'en vse tout ainsi,
Et parce qu'elle rit ie m'en vay rire aussi.
Peste que ie suis sot !

ISABELLE.

Ie confesse, mon pere,
Que vous auez raison de vous mettre en colere:
Mais confessez aussi regardant ce tableau
Affreux au dernier point bien loin de sembler beau,
Que ma douleur est iuste alors qu'elle est extréme,
Et qu'il faut bien qu'il soit la brutalité mesme,

E

Le brutal sur lequel ce marmouset est fait.

DOM FERNAND.

Vous iugez donc d'vn'homme en voyant son Por-
 trait,
Souuent vn vilain corps loge vn noble courage,
Et c'est vn grand menteur souuent que le visage,
Il est vray, celuy cy doit se plaindre de l'art,
Et tout y represente vn indigne pendart,
Ou diable ay-ie pesché ce detestable gendre?
Et comment Dom Fernand a-t'il peu se mesprendre?
Ie pensois bien auoir trouué la pie au nid,
Mais pourtant, mais pourtant beaucoup de gens
 m'ont dit
Qu'on estime à la cour ce Iuan d'Aluarade,
Or bien promettez moy sans faire de boutade,
Que vous le traitterez par tout ciuilement,
Et moy ie vous promets foy d'homme qui ne ment,
S'il se trouue aussi sot que sa peinture est laide,
A tous ces embaras de donner bon remede.
Mais vne dame vient qui ne se veut monstrer,
Ie voudrois bien sçauoir qui l'aura fait entrer,
Sans venir demander si nous sommes visibles:
Les bourreaux de valets sont tous incorrigibles,
Madame sans vous voir, & sans vous demander
Le nom que vous auez vous pouuez commander,

SCENE III.

LVCRESSE, DOM FERNAND.

LVCRESSE.

IE n'attendois pas moins d'vne ame si ciuile,
Ie viens, ô Dom Fernand, chez vous chercher
azile,
Mais puis-ie sans tesmoins vous conter mon malheur ?

DOM FERNAND.

Ouy dà, retirez-vous.

LVCRESSE.

        Fay si bien ma douleur,
Que l'on puisse trouuer quelque excuse à mes fau-
tes.
Non ie ne me plains point du repos que tu m'ostes,
Si ie puis faire voir, par mes pleurs infinis,
Que mes yeux ont esté de mon crime punis.

E ij

Mes yeux, mes traistres yeux qui recouurent la
  flame.
Qui noircit mon honneur, & me couure de blâme,
Mes traistres yeux de qui les criminels plaisirs
Me feront à la fin exaler en souspirs :
Pleurez donc, ô mes yeux, souspirez ma poitrine.

DOM FERNAND.

Parbleu cette estrangere est de fort bonne mine.

LVCRESSE.

Et vous mes foibles bras embrassez ces genoux,
Vous ne me verrez point leuer de deuant vous,
Que ie n'aye obtenu le secours que i'espere.

DOM FERNAND.

Vous lisez les Romans, & ie vous en reuere,
Ma sotte d'Isabeau n'a jamais leu Romant,
Quant est de moy i'estime Amadis grandement :
Vous n'estes pas personne à qui rien on refuse,
De refuser aussi personne ne m'accuse :
Croyez donc aysement, tout cela supposé,
Qu'il ne vous sera rien de ma part refusé.

LVCRESSE.

Il faut donc, ô Fernand, que ie vous importune
Du recit de ma race & de mon infortune,

Pour ma race bien tost vous en serez sçauant,
Car mon pere deffunt m'a dit assez souuent
Qu'il auoit auec vous fait amitié dans Rome,
Et qu'il vous connoissoit pour brâue Gentilhomme.

DOM FERNAND.

Ces Vers sont de Mairet, ie les sçay bien par cœur,
Ils sont tres à propos & d'vn tres bon autheur,
Tousiours d'vn bon autheur la lecture profite,
Et sçauoir bien des vers est chose de merite.

LVCRESSE.

Burgos est donc la Ville où ie receus le iour,
Mais cette ville aussi vit naistre mon amour,
Et ie dois l'abhorrer, & pour l'vn & pour l'autre.
Helas! fut il iamais Destin pareil au nostre!
Car ma mere en trauail quand ie nasquis mourut,
Mon pere de regret quand mon amour parut,
Cruel ressouuenir de ma faute passée
Quand donnerez vous treue à ma triste pensée?
Diego d'Aluarade est le nom qu'il auoit
Auec beaucoup de soin sa bonté m'esleuoit,
Ie luy fis esperer beaucoup de mon enfance:
Mais helas! ce fut bien vne fausse esperance,
Mes deux freres n'estoient pas moins de luy cheris,
Car le ciel les auoit traittez en fauoris,

E iiij

Ie viuois auec eux contente & fortunée,
Mais que l'amour bien tost changea ma destinée:
Vn estranger qui vint aux festes de Burgos
Fit voir en nos tournois qu'il auoit peu d'esgaux,
Nous nous vismes le soir dedans vne assemblee,
Ie souffris son abord, & i'en fus caiollee,
Ou plustost mon esprit fut par le sien charmé,
Il feignit de m'aimer tout de bon ie l'aymé:
Mais souffrez que mes pleurs vous apprennent le
    reste,
Car tout en est honteux, car tout en est funeste,
Puis que mon crime, helas! vn frere me rauit,
Et que d'affliction mon pere le suiuit.   (me,
Moy sans pleurer leur mort, sans rougir de ma fla-
L'amour auoit banni la raison de mon ame,
I'adorois en esprit mon infidelle Amant
Que i'attenday deux ans a Burgos vainement,
A la fin ie voy bien que ie suis delaissée,
Ie quittay mes parens, & comme vne insensee
Maudissant mon amour, souhaittant le trespas,
Pour trouuer ce meschant i'adresse icy mes pas.
Helas! il m'auoit dit qu'il me seroit fidelle,
Mais qu'on croit aysement alors qu'on se croit
    belle,
Et que pour s'asseurer d'vn cœur comme le sien
La beauté bien souuent est vn foible lien:

I'en suis, ô Dom Fernand, vn exemple effroyable,
Car pour auoir crû trop vn tigre impitoyable,
Qui me prit par les yeux & triompha de moy,
Se deguisant d'vn nom aussi faux que sa foy.
Ie me voy deuant vous comme vne forcenée,
Maudissant mille fois le iour sa déstinée.
Helas ! que contre moy le ciel est irrité,
Puis que tout mon espoir n'est qu'vn nom aposté,
Et qu'auec cet espoir iustement ie m'estonne,
Quand ie voy que ce nom n'est conneu de personne,
Cependant il est vray qu'il habite ces lieux
L'ingrat, car l'autre iour il parut à mes yeux :
Mais ie ne le peu ioindre, & ie n'ay peu connoistre
Par vn nom qu'il n'a pas la demeure d'vn traistre,
Que le ciel à mes yeux ne deuroit plus cacher,
Si les pleurs auoient pû iusqu'icy le toucher : [mede,
Mais ie m'adresse à vous comme au dernier re-
Pour trouuer cet ingrat ie demande vostre aide,
Ie sçay bien veu le rang qu'en ces lieux vous tenez,
Qu'il me fera raison si vous l'entreprenez,
Ie n'allegueray point mon pere & sa memoire,
Ie veux vous coniurer par vostre seule gloire,
Et sans vous obliger d'vn langage flateur.

DOM FERNAND.

Pour faire court ie suis vostre humble seruiteur,

Et l'ay tousiours esté de monsieur vostre pere ,
Il me faisoit l'honneur de m'appeller son frere ,
Quant à vous disposez de tout ce que ie puis ,
Ma fille taschera d'adoucir vos ennuis.

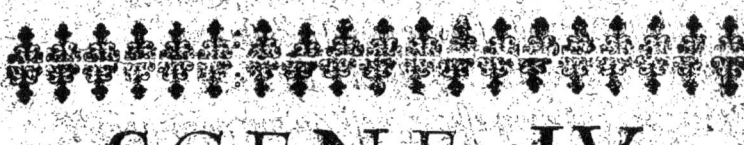

SCENE IV.

BEATRIS, DOM FERNAND.

BEATRIS.

Monsieur vostre neueu demãde auec instance
De vous entretenir pour chose d'importãce.

DOM FERNAND.

Madame ie reuiens à vous dans vn moment ,
Beatris menez la dans mon appartement ,
Et qu'on fasse venir mon neueu tout à l'heure ,
Cette Dame est la sœur de mon gendre, ou ie meure ,
Il me faut presenter s'il voudra bien la voir ,
Nous ne laisserons pas de tout nostre pouuoir
De chercher son Amant & la tirer de peine :
Et bien cher Dom Louis quel affaire vous meine.
En quoy puis ie seruir vn si braue neueu ?

SCENE V.

SCENE V.

DOM LOVIS, DOM FERNAND.

DOM LOVIS.

Monsieur, vn mien amy m'a mandé depuis
     peu
Que i'auois sur les bras vne grande querelle,
Ie sçay bien pour chercher vn conseiller fidelle,
Puis qu'il est question d'honneur & de combats
Que m'adressant à vous ie ne me trompe pas.

DOM FERNAND.

Au moins ne pouuez vous en employer vn autre
Qui vous cherisse plus, & qui soit autant vostre
Iusques au desgaigner ie vous le monstreray,
Est-ce par ce billet?

DOM LOVIS.

Ouy ie vous le liray.

F

DOM FERNAND.

Lifez donc, auſſi bien i'ay perdu mes lunettes,
Et n'eſt pas trop ayſé d'en recouurer de nettes.

DOM LOVIS.

LETTRE.

Le ieune frere de celuy
Que vous auez tué pour quelques amourettes
Part de ce pays auiourd'huy
Pour aller en Cour où vous eſtes:
Ie ne ſçay pas pour quel ſuiet,
Mais ie ſçay bien que vous l'eſcrire
Pour euiter pareil accident ou bien pire,
Eſt à moy fort bien fait.

DOM PEDRO OSORIO.

DOM FERNAND.

Où fut ce?

DOM LOVIS.

Dans Burgos.

DOM FERNAND.

Eſtoit-ce vn caualier?

DOM LOVIS.

Ouy de mes grand amis.

DOM FERNAND.

En combat singulier.

DOM LOVIS.

Non ce fut par mesgarde, & durant la nuit noire.

DOM FERNAND.

Contez moy le destail de toute cette histoire.

DOM LOVIS.

Vous allez tout sçauoir.

DOM FERNAND.

S'entend en peu de mots.

DOM LOVIS.

Vous vous souuenez bien des festes de Burgos
Pour le premier enfant qu'eut la grande Isabelle
Des Royales vertus le plus parfait modelle,
Vn amy qui faisoit trop d'estime de moy
M'inuita de venir a ce fameux Tournoy
Pour monstrer auec luy nostre valeur commune,
Là contre six Taureaux i'eus assez de fortune,

F ij

Dans les autres combats i'eus vn bon-heur esgal,
Le soir il me mena voir les dames au bal,
Vne beauté m'y prit, & ie la pris de mesme,
Dans ce commencement i'eus vn bon-heur extréme:
Mais tout ce grand bon heur à la fin se trouua
Vn des plus grands mal-heurs qui iamais m'arriua
Le lendemain i'obtins de l'aller voir chez elle,
Mais si ie luy plaisois ie la trouuois fort belle,
Et certes ie l'aymois aussi sincerement
Que peut iamais aymer vn veritable Amant:
Pour faire court, vn soir que nous estions ensemble
I'en ten rompre la porte, & ie la voy qui tremble,
Ie me leue, & ie mets mon espée à la main,
Elle prend la chandelle & la souffle soudain,
La porte s'ouure, on entre, on m'attaque, on me
     blesse
Sans voir ie pousse, pare, & plus d'heur que d'a-
     dresse,
I'en fais d'abord choir vn blessé mortellement,
Puis dans l'obscurité ie m'eschappe aysement.
Helas le iour d'aprés quelle fut ma tristesse,
Quand le mort se trouua frere de ma maistresse,
Et de plus, ô malheur, dur à mon souuenir,
Ce mesme intime amy qui m'auoit fait venir,
Cōment ne sceu-ie point que cette pauure Amante
Depuis deux ou trois mois logeoit chez vne Tante.

Comment ne sçeumes nous deuant ce triste iour,
Moy qu'il eut vne sœur, ou luy moy de l'amour,
Mais c'est vous ennuyer d'vne plainte inutile,
Ayant tousiours celé mon nom en cette ville,
I en sortis aisement sans estre soupsonné,
C'est à vous qui voyez l'auis qu'on m'a donné,
Et qu'en cét embaras quasi tout m'est contraire
De me dire en amy tout ce que i'y dois faire,
Ie sçay bien si ie veux des conseils sur ce point
Qu'aucun ne peut donner ce que vous n'auez point,
Que mon homme est icy, ie n'en fay point de doute,
Qu'il tasche à me trouuer, l'apparence y est toute,
Ie ne puis le fuir sans grande lascheté,
Ie ne puis le tuër aussi sans cruauté,
Ie ne puis l'inuiter à se battre sans crime,
Et tout menace icy ma vie ou mon estime,
Mais on frappe à la porte.

DOM FERNAND.

      Et mesme rudement
Et qui diable ose ainsi heurter insolemment?

SCENE VI.

BEATRIS, DOM FERNAND,
DOM LOVIS, ISABELLE,
BEATRIS.

*M*On Maiſtre cent eſcus pour ſi bône nouuelle,
Et qu'on faſſe venir ma maiſtreſſe Iſabelle,
Voſtre gendre eſt la bas, beau poly, frais tondu,
Poudré, friſé, paré, riant comme vn perdu,
Et couuert de bijoux comme vn Roy de la Chine.

DOM LOVIS.

Vous auez donc ainſi marié ma couſine,
Sans qu'on en ait rien ſçeu, vous eſtiez bien preſſé.

DOM FERNAND.

Ouy.

DOM LOVIS.

Helas! que ce mot m'a rudement bleſſé.

DOM FERNAND.

Beatris viftement que ma fille s'aiufte:
Va donc vifte.

BEATRIS.

I'y cours.

DOM LOVIS.

Que le ciel eft iniufte!

DOM FERNAND.

Ha vrayment mon efprit n'eft pas mal partagé,
Mon neueu l'agreffeur, mon gendre l'outragé:
Comment donc garantir ma maifon de carnage?
Ha ma fille approchez.

DOM LOVIS.

Que de bon cœur i'enrage.

DOM IVAN.

Allons le receuoir.

ISABELLE.

Ou pluftoft à la mort.

SCENE VII.

IODELET, DOM IVAN, ISABELLE,
DOM FERNAND, DOM LOVIS,
IODELET, ſuiui de DOM IVAN.

CEtte chambre eſt fort belle, & ie m'y plai-
ray fort.

ISABELLE.

O qu'il eſtoit bien peint !

DOM IVAN.

O qu'elle eſtoit bien peinte !

IODELET s'entre-taillant.

Ce maudit eſperon m'a bleſſé d'vne atteinte.

DOM FERNAND.

Soyez le bien venu, Monſeigneur Dom Iuan.

DOM IVAN.

DOM IVAN.

Reſſon ::

IODELET.

Le beau pere a de l'air d'vn Chat-huan.
Et vous le bien trouué :

Hauſ-
ſant la
voix.

ISABELLE.

L'agreable figure.

IODELET.

Quoy touſiours ce vieillard, ô le mauuais augure!
Ie m'en veux deliurer, il me tient trop long temps;

DOM FERNAND.

Mon gendre n'eſt pas ſage, il parle entre ſes dents.

IODELET.

Vous ſeruez donc touſiours d'Eſcran à voſtre fille.

DOM IVAN.

Que dis-tu malheureux?

DOM LOVIS.

La demande ciuille.
G

IODELET.

Maudy soit le fascheux.

ISABELLE.

De qui donc parle til?

IODELET.

Ne puis-ie point de face ou du moins de porfil
Vous guigner vn moment, ô charmante Isabelle?
De grace Dom Fernand que l'on m'approche d'elle,
Ou du moins qu'on m'en monstre ou iambe, ou bras,
ou main.

DOM FERNAND.

Ma fille auoit raison, mon gendre est vn vilain.

IODELET.

O Dieu qu'en ce pays on est chiche d'espouse,
Ailleurs i'aurois desia des baisers plus de douze
Parbleu ie la verray deussay-ie estre indiscret.

DOM FERNAND.

O Dieu! qu'il m'a fait mal.

IODELET.

Ie vous pousse à regret.

Mais ie suis amoureux equitable beau pere,
Ie vous voy donc enfin, ô beauté que i'espere,
Vous me voyez aussi, mais pourray-ie sçauoir
Si vous prenez grand goust en l'honneur de me
  voir.

DOM LOVIS.

C'est fort bien debuter.

DOM FERNAND.

  O l'impertinent gendre.

IODELET.

Ils rient tous ma foy, rient-ils de m'entendre,
Est-ce que i'ay tenu quelque propos de fat?
Iodelet on n'est pas chez nous si delicat,
Si ie ne suis assis i'en lascheray bien d'autres.
La! Seigneur Dom Fernand faittes venir des
  vostres,
Vous estes mal serui, mais i'y mettray la main.

DOM FERNAND.

Mon gĕdre encor vn coup n'est ma foy qu'vn vilain
Beatris vistement que l'on apporte vn siege.
IODELET.
Dittes moy ma maistresse, auez bien du vous siege

Si vous n'en auez point, vous estes sur ma foy
D'vne fort belle taille, & digne d'estre a moy.

DOM LOVIS.

Le ioly compliment.

IODELET.

Ce iouuenceau qui cause
Dittes moy mon Soleil vous est-il quelque chose ?
Ousi c'est vn plaisant.

ISABELLE.

C'est mon Cousin germain.

DOM FERNAND.

Pour la troisiesme fois mon gendre est vn vilain.

DOM IVAN.

Ce beau Cousin germain tous mes soupçons reueille.

IODELET.

N'auez vous point sur vous quelque bon cure
oreille ?
Ie ne puis dire quoy me chatouille dedans,
Hier ie rompi le mien en m'écurant les dents
Quoy vous riez encore.

DOM LOVIS.

A propos ma Cousine
Vous ne contentez point Monsieur touchant sa
Il vous a dit tantost qu'il desiroit scauoir   (mine,
Si vous preniez grand goust en l'honneur de le voir.

ISABELLE.

Ie n'ay iamais rien veu qui luy soit comparable,
Et ie ne pense pas qu'il trouue son semblable ;
Et de corps & d'esprit.

IODELET.

Chacun en dit autant,
Mais les vingt mil escus est-ce en argent contant,
Esclaircissez-nous-en, & vuidons cette affaire.

DOM LOVIS.

Quoy Seigneur Dom Iuan, vous estes mercenaire.

IODELET.

Tous ceux qui le croiront seront de vrais badaus,
Et l'on n'en vit iamais dans les Aluarados.

DOM LOVIS.

Dans les Aluarados n'auiez vous pas vn frere ?

G iij

IODELET.

Ouy qu'vn lasche assaßin occit, mais par derriere.

DOM IVAN.

Si Dom Iuan sçauoit quel est cét assaßain,
Il iroit luy manger le cœur dedans le sein,
S'il faut qu'entre mes mains ce detestable tombe,
Le moindre de ses maux est celuy de la tombe:
Ie le deschirerois le traistre à belles dents,
Ie l'irois affronter entre cent feux ardens,
Mais il tuë en voleur, & se cache de mesme.

DOM LOVIS.

Vrayment de ce valet l'impudence est extreme
Quelqu'vn m'a dit pourtant.

DOM IVAN.

Et que vous a t'on dit?

DOM LOVIS.

Que ce fut par malheur.

DOM IVAN.

Ce quelqu'vn la mentit.
Ce fut en trahison.

DOM-LOVIS.

> Vous voyez son audace.

ISABELLE.

Qu'auecque sa fureur il conserue de grace.

DOM LOVIS.

Vous vous emancipez.

IODELET.

> Il n'a pas le cœur bas.

DOM LOVIS.

Ie vous trouueray bien.

DOM IVAN.

> Ie ne vous fuiray pas.

DOM LOVIS.

Si ce n'estoit le lieu ie vous ferois bien taire.

IODELET.

Mon valet est vaillant, & quasi temeraire.

DOM LOVIS.

Quoy mon oncle vn valet.

IODELET, OV LE M. VALET,

DOM FERNAND.

Et mon Dieu qu'eſt cecy?
Le beau commencement de nopces.

IODELET.

Mon ſoucy.
Laiſſons les quereller, & diſons des ſornettes,
Ou bien ſi vous vouliez prendre vos Caſtagnettes,
Le plaiſir ſeroit grand.

DOM FERNAND.

Ouy s'en eſt la ſaiſon,
Vous n'auez point encor viſité la maiſon,
Prenez, Monſieur, ma fille, ouurez la galerie
Viſtement Beatris, mon neueu ie vous prie,
Allons mes chers amis, allons, qu'attendons nous?

IODELET.

Ie ſuis ſans compliment.

DOM FERNAND.

C'eſt fort bien fait à vous.

SCENE VIII.

SCENE VIII

DOM IVAN seul.

ENfin dans mes soupçons ie voy quelque lumiere,
Ie n'ay plus qu'à trouuer l'assassin de mon frere,
Ie n'ay plus qu'à trouuer mon imprudente sœur,
Ie n'ay plus qu'à trouuer son lasche rauisseur.
Auec ce beau cousin ie n'ay plus qu'à me prendre,
C'est l'homme du Balcon, l'on vient de me l'apprendre,
I'ay sceu de son valet tirer les vers du nez;
Ie sçauray bien encor, Amans bien fortunez,
Si vous faites de moy les moindres railleries
Tandis que mon esprit s'abandonne aux furies,
Mesler dans vos plaisirs quelque chose d'amer,
Et mesme vous hair au lieu de vous aymer:
Si ie puis descouurir trop aimable Isabelle
Que vous ne soyez pas aussi sage que belle

Fin du deuxiéme Acte.

H

ACTE III.

SCENE PREMIERE.

DOM LOVIS, ESTIENNE,

DOM LOVIS.

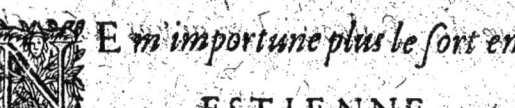

N E m'importune plus le fort en eft ietté.

ESTIENNE.

Vrayment ce Dom Iuan eft par vous bien traitté,
Vous auez abufé fa fœur, tué fon frere,
Vous pretendez encore en fa femme,

DOM LOVIS.

J'efpere

En ma perfeuerance, en Beatris, en toy,
En mon oncle Fernand, en Ifabelle, en moy,
I'efpere en Dom Iuan en fa mine importune,
Et plus que tout cela i'efpere en la fortune.
Bon, voicy Beatris.

SCENE II.

BEATRIS, ESTIENNE, DOM LOVIS,

BEATRIS.

Ha Monsieur est-ce vous?

ESTIENNE.

Non, c'est le grand Mogor.

BEATRIS.

Tout beau Roy des filous,
Il parle à vostre maistre.

DOM LOVIS.

Et bien que fais le gendre?

BEATRIS.

Vous parlez d'vn suiet où l'on peut bien s'estendre
Ce beau ieune Seigneur tantost qu'on a disné,
A mangé comme vn diable, & s'est desboutonné,

H iij

Puis dans vn cabinet qui ioint la vieille sale
S'est couché de son long sur vne natte sale.
Vn peu de temps apres il s'est mis à ronfler,
Ie n'ay iamais ouy Cheual mieux renifler:
Toute les vittre en tremble, & les verres s'en cas-
  sent,
Mais si ie vous disois les choses qui se passent.

DOM LOVIS.

Ma pauure Beatris.

BEATRIS.

Mon pauure Dom Louis.

DOM LOVIS.

Ouy de toy ie tien tout le bien dont ie iouis.

BEATRIS.

I'en dis autāt de vous, mais ce n'est qu'en promesse,
N'importe ce n'est pas le gain qui m'interesse.

DOM LOVIS.

Ha! non ie veux mourir, demande à ce valet
Si ie n'ay pas laissé mon or sous moncheuet:

Mais ie reçoy demain quatre ou cinq cens pistolles.

BEATRIS.

Bien , bien , escoutez donc la chose en trois paroles.
I'ay haste : Dom Fernand vostre oncle est enragé,
Et voudroit de bon cœur se voir bien desgagé,
Vostre chere Isabelle esgalement enrage
Iusques là qu'elle en a soufletté son visage.
Le temps est , ou iamais de iouër vostre ieu,
Il faut battre le fer tandis qu'il est au feu,
Et si vous ne sçauez bien pescher en eau trouble,
Ie ne donnerois pas de vostre affaire vn double :
Taschez donc de la voir , & de l'entretenir,
Promettez comme quand on ne veut pas tenir,
Employez hardiment vostre meilleure prose,
N'oubliez pas le lis , n'oubliez pas la rose,
Dittes luy bien qu'elle est l'obiet de tous vos vœux,
Pleurez, & soupirez, arrachez des cheueux ,
Puis sur vos grands cheuaux monté comme vn S.
    George,
Dittes , que pour bien moins on se coupe la gorge,
Que Dom Iuan n'a pas encore ce qu'il pretend,
Qu'en tout cas vous sçauez fort bien comme on se
    pend.
Si l'insolent vous nuit , reprenez le modeste,
Inuoquez moy la mort , ou pour le moins la peste,

Ne vous estonnez-point, elle fera beau bruit,
Mais vous sçauez qu'on pert le combat quand on
    fuit.
Or si vous en tirez la moindre lachrymule,
Ie vous donne gagné foy de Beatricule,
Vous riez Dom Louis de ce diminutif,
Dame nous en vsons & du superlatif.
Vn certain ieune Autheur qui tasche de me plaire
Quand ie vay visiter mon cousin le Libraire,
M'apprend tous ces grands mots, mais adieu ie
    m'en fuis,
I'ay causé trop long temps maaditte que ie suis,
Car voicy ma maistresse, & son pere auec elle,
Cachez vous en ce coin, & vous Iean de Niuelle
Sauuez vous vistement.

ESTIENNE.

A dieu donc faux teston.

BEATRIS.

Ie te hasteray bien si ie prend vn baston.

SCENE III.

DOM FERNAND, ISABELLE.

DOM FERNAND.

Pluſtost mourir cent fois que fauſſer ſa parolle.

ISABELLE.

Mais mon pere.

DOM FERNAND.

Mais quoy vous eſtes vne folle,
Tout ce que vous pouuez ſeulement eſperer,
Eſt que ie pourray bien vos nopces differer:
Car a t'on veu iamais affaire plus meſlée,
Ma foy i'en ay quaſi la ceruelle fellée,
Mon gendre eſt offencé ie le dois eſtre auſſi,
Si c'eſt par mon neueu, que dois-ie faire icy ?
Dois ie abandonner l'vn, pour me ioindre auec l'autre?
Ventre de moy, par tout il y va bien du noſtre,

L'vn me teint par le fang , & l'autre par l'bonneur,
Et i'ay befoin icy d'vn extréme bon-heur.

ISABELLE.

Quoy ce fut Dom Louis qui luy tua fon frere,

DOM FERNAND.

Ouy ce fut Dom Louis , & ce qui defeffere
La fœur de Dom Iuan m'implore contre luy,
Luy puis-ie bonneftement refuser mon apuy?
Auiourd'buy mon neueu m'eft venu tout de mefme
Dire qu'il a befoin de ma prudence extréme
Contre vn bomme qu'il a doublement offencé,
Et cét bomme eft mon gendre , & moy pauure in-
fensé.
Tantoft à mon neueu , tantoft à ce beau gendre,
Ie ne fçay quel party ie dois laiffer ou prendre:
Ouy ma foy i'en fuis fou , fi iamais ie le fus,
A Dieu! ie vay tafter mon gendre là deffus

SCENE IV.

SCENE IV.

ISABELLE seule.

ET moy ie vay pleurer ma triste destinée,
O Ciel à quel Brutal m'auez vous condam-
N'estoit-ce pas assez de cette auersion, (née
Sans me troubler encore d'vne autre passion?
Ouy Ciel c'estoit assez pour estre malheureuse,
Mais vous voulez encor que ie sois amoureuse,
Ha! c'est trop me hair que de me faire aymer
Vn que ie n'oserois à moy mesme nommer.
Toy qui n'es pas pour moy faut-il que ie t'adore,
Et toy pour qui ie suis faut il que ie t'abhorre,
Et qu'vn troisiesme mal à ces deux maux soit
  ioint,
Ce Dom Louis qui m'aime, & que ie n'aime point?
Ouy bien loin de t'aymer ie te hay miserable,
Mais si ton mal est grand le mien est effroyable.
Laisse, laisse moy donc importun Dom Louis
Regarde au prix de moy de quel heur tu ioüis,

I.

Tu n'es que trop vengé de la pauure Isabelle,
Toy qui peut sans rougir te dire amoureux d'elle,
Toy qui peut sans rougir luy descourir ton feu,
Et, tu te plains encor comme si c'estoit peu
Va, va, console toy, ma fortune est bien pire,
Car i'ayme malheureuse & ie n'ose le dire,
Et de plus ie te hay, i'ay ce mal plus que toy,
Et de plus Dom Iuan sera maistre de moy:
Ainsi ie hay, ie crain, & ie suis amoureuse
Auec ces passions puis-ie estre bien heureuse?
Helas! de tous ces maux qui me deliurera?

SCENE V.

DOM LOVIS, ISABELLE.

DOM LOVIS.

Moy charmante Isabelle, & quand il vous plaira,
Ouy de ce Dom Iuan vous serez desgagée,
Puis qu'enuers Dom Louis vostre humeur est changée,
Puis que de Dom Louys autrefois mesprisé,
Le violent amour se voit fauorisé:

Commandez donc Madame, & bien tost cette espée
Dans le sang, ô dieux de Dom Iuan trempée
Vous fera confesser deuant la fin du iour
Que rien n'estoit esgal à vous que mon amour.

ISABELLE.

O Dieu me proposer des crimes de la sorte,
Sors d'icy mal heureux, sors deuant que ie sorte,
D'une indigne pitié que presque malgré moy
Mesme nom, mesme sang me font auoir pour toy,
Et comment m'aime tu ? Si tu me croy capable
D'escouter seulement un dessein si coupable.
Ah! ne te flatte point dedans ta passion,
Tu ne seras iamais que mon auersion :
Va, va t'en à Burgos faire des perfidies,
Va, va, t'en à Burgos iouer tes Tragedies,
Vas-y tromper la sœur, & tuer le germain,
Et me laisse en repos, execrable, inhumain,
Assez grands sont les maux de la pauure Isabelle,
Sans tascher de la rendre encore criminelle.

DOM LOVIS.

Ha! si iamais.

ISABELLE.

Tay toy le plus noir des esprits,
Ou bien ie rempliray la maison de mes cris.

I ij

SCENE VI.

BEATRIS, DOM LOVIS, ISABELLE.

BEATRIS.

HA mon Dieu! parlez bas, Dom Fernand & le gendre
Sont deſſus l'Eſcalier, ils vous pourroient entendre,
Ie ne voy pas comment auec facilité
Dom Louis ſortira, car de l'autre coſté
Son ſuffiſant valet auec ſa bonne mine.
Dans la chambre prochaine a ie croy pris racine.

ISABELLE.

Et que ferons nous donc?

DOM LOVIS.

Si i'oſois.

ISABELLE.

Laiſſe moy.

DOM LOVIS.

Si ce valet fascheux.

ISABELLE.

Il l'est bien moins que toy.

Beatris.

BEATRIS.

Par ma foy ie tremble à chaque membre,
Si vous vouliez pourtant le mettre en vostre chambre.

ISABELLE.

Où tu voudras, pourueu qu'il soit loin de mes yeux.

BEATRIS.

Mettez vous donc vn peu dessus le serieux,
Et m'appellez bien haut effrontée, impudente.

ISABELLE.

I'enten bien, cet auis n'est pas d'vne imprudente,
Car i'ay haussé la voix d'vne estrange façon,
Vrayment vous me donnez vne belle leçon,
Estes vous vne folle, ou ne suis-ie pas sage,
Que vous m'osez tenir vn si hardy langage.

I iij

Dom Iuan n'est pas beau, Dom Iuan vous desplaist,
Laissez là Dom Iuan, ie l'aime comme il est.
Ha vrayment Beatris, la sotte si mon pere
Apprend ce bel auis.

SCENE VII

DOM FERNAND, IODELET, ISABELLE.
DOM IVAN.

DOM FERNAND.

Vous estes en colere.

ISABELLE.

C'est pour certain Bijou, qu'on m'a pris ou perdu.

IODELET.

Non, non à d'autres non, i'ay le tout entendu,
Vous ne m'aymez donc pas Madame la traistresse,
Et vous me desseruez auprés de ma maistresse,
Ha! louue, ha porque, ha chienne, ha braque, ha
    loup garou

Puiſſe tu te briſer bras, main, pied, chef, cul, cou,
Que touſiours quelque chien contre ta iupe piſſe
Qu'auec ces trois gaſiers, Cerberus t'engloutiſſe:
Le grand chien Cerberus, Cerberus le grand chien
Plus beau que toy cent fois, & plus homme de bien.

DOM FERNAND.

Retirez vous d'icy ſotte mal auiſee.

IODELET.

Ne vous en ſeruez plus ce n'eſt qu'vne ruſee,
Ie vous la garanti telle.

DOM FERNAND.

   O Dieu ie meurs de peur
Que ce maiſtre brutal n'aille trouuer ſa ſœur:
Il faut le mettre aux mains auecque ſa maiſtreſſe,
Ie vous quitte vn moment pour affaire qui preſſe,
Ma fille cependant demeure aupres de vous.

IODELET.

Bien, bien, allez vous-en, en deſpit du ialoux
Ne pourray-ie ſçauoir, ô beauté ſucculente,
Que i'ayme autát qu'vn oncle, & bien plus qu'vne
 tante:

Comment dans vostre cœur Dom Iuan est logé,
Ie n'ay pû le sçauoir, & i en suis enragé.

ISABELLE.

Pour vous dire la chose auec toute franchise,
Auiourd'huy seulement ie suis d'amour esprise,
Ie n'auois dans l'esprit deuant qu'auersion,
Le desdain seulement estoit ma passion :
Mais helas ! croyez moy depuis vostre venuë,
La flâme de l'amour m'est seulement connuë,
Et bien que mon amour a nul autre second
Doiue se resiouir quand le vostre y respond :
Au contraire ie suis dans vne peine extréme
De voir que vous m'aymez, & qu'il faille que
  i'ayme,
Car vostre amour du mien ne peut estre le prix,
Encore que par vous mon cœur se trouue pris,
Bien qu'à vous & chez vous est tout ce que i'adore,
Sçachez pourtant qu'en vous est tout ce que i'ab-
  horre.

IODELET.

Ma foy i'enten bien peu ce discours rafiné,
Ie connoy seulement qu'il est passionné,

Ou

Où Diable prenez vous tant de Philosophie?

ISABELLE.

Il faut bien enuers vous que ie me iustifie,
Vous doutez de ma flâme, ouy i'aime encor vn coup
Ce que i'ayme est a vous & ie l'aime beaucoup,
Alors qu'en vous voyant, i'apperçoy tout ensemble
L'obiect de mon amour, & ie brusle, & ie tremble,
Ie brusle de desir, & ie tremble de peur,
Vous causez à la fois ma ioye & ma douleur:
Fut il iamais vn mal plus estrange & plus rare
Lors que ie le dis, moins quasi ie le declare,
Et si ie le disois au lieu de m'alleger,
Au lieu de me guerir ie serois en danger,
Et quand sans descourir ou bien cacher ma flâme
Ie tasche à deguiser ce que ie sens dans l'ame
En se deguisement ie trouue vn sort esgal,
C'est à dire par tout ie n'ay rien que du mal.

IODELET.

I'enten encore moins ce discours cy que l'autre,
Ie connoy seulement que l'amour la rend nostre,
Que la pauurete brusle à nostre intention:
Car elle me l'orgnoit auec attention,
Depuis que ie vous vis bel Ange tutelaire,
Parbleu pour acheuer ie ne sçay comment faire,

K

Aprochez mon valet, faites pour moy l'amour,
Puis apres ie viendray la reprendre à mon tour.

DOM IVAN.

Mais, Monsieur.

IODELET.

Mais faquin vous voudriez, peut-estre
Me donner des conseils, suis-ie pas vostre maistre?
Et qui sçait mieux que vous le bien que ie luy veux,
Et qui pourra donc mieux luy faire sçauoir, gueux?

DOM IVAN.

Madame i'obey puis qu'on me le commande.

IODELET.

Qu'il a peur de faillir auec sa houpelande.
Cà, radoucissez-vous sans faire le railleur,
Faites bien les doux yeux, & donnez du meilleur,
Ie m'en vay cependant faire aupres de la porte
Quelques reflexions sur chose qui m'importe.

BEATRIS.

Comment pourray-ie donc tirer hors de son trou
Ce maudit Dom Louis, male peste du fou?

IODELET.

Mais n'est-ce point aussi Madame son estoile
Qui la pousse sur nous comme on dit a plain voile?
La fortune ma foy s'iroit rire de moy,
Si m'offrant tel bon-heur ie ne vous l'empaumoy.
Mon maistre que sçait-on peut en estre bien aise,
Mais s'il arriue aussi que cela luy desplaise,
Prenons l'occasion au peril d'vn affront
Par le fin beau toupet qu'elle a dessus le front,
Par derriere elle est chauue, & ressemble vne go-
        gue;
Mais qui l'eut iamais dit qu'vn visage de dogue
Peust donner de l'amour, il faut en profiter,
Et quand nous serons seuls ie pretens la tenter,
Resuons vn peu dessus cette presente affaire,
Mon valet vous a t'on mis la pour ne rien faire,
Vous parlez a l'oreille, ha vrayment maistre sot,
Ou vous parlerez haut, ou vous ne direz mot.

DOM IVAN.

I'ay crû que parlant haut ie pourrois vous distraire.

IODELET.

Non non, parlez tout haut si vous voulez me
plaire.

DOM IVAN.

Ie m'en vay donc vous dire icy ma passion,
Mais tout ce que ie fais n'est rien que fiction,
Ie ne suis pas icy ce que i'y deurois estre,
Et ce n'est pas ainsi que i'y deurois parestre,
Lors que ie m'imagine obiet charmant & doux,
Le bien qu'aura celuy qui sera vostre espoux :
Mon ame ie l'auoüe est de fureur saisie,
En vn mot ie me sens espris de ialousie :
C'est assez vous monstrer que i'ayme auec excez,
Mais qui m'asseurera d'auoir vn bon succez ?

IODELET.

Ostez vous vistement ie tiens vne pensée
Qui vaut son pesant d'or, si mon ame insensée
Tout ainsi que la mer a son flux & reflux
Pouuoit s'emanciper, ha ! ie ne la tien plus,
Elle m'est eschapée adorable Isabelle,
Le plaisir que ie prens en vous voyant si belle
M'a seiché la memoire & troublé les espris,
Ou bien plustost c'est toy mauditte Beatris,
Qui me porte guignon, allons viste qu'on grille,
Vous aussi mon valet qui faittes tant l'habile,
Qu'on me laisse icy seul.

ISABELLE.

Quoy seul qu'en diroit on?

IODELET.

Et qui peut en parler si ie le trouue bon?

ISABELLE.

Au moins que Beatris.

IODELET.

Ie n'en veux point desmordre.
Vous ne pouuez faillir puisque c'est par mon ordre,
Puis ie n'ay point encor visité le Balcon
Allons y prendre l'air, on dit qu'il y fait bon.

ISABELLE.

Ouy principalement lors que quelque vent souffle.

DOM IVAN.

Quel diable de dessein peut auoir ce maroufle?
Ie le veux obseruer.

IODELET.

Allons donc mon soucy.

ISABELLE.

Vous me dispenserez, ie ne bouge d'icy.

K iij

IODELET.

Ouy vous ne bougerez ? ah ! c'est trop de mystere,
Scauez vous que ie suis vn homme tres colere ;
C'a donc viste qu'on vienne.

ISABELLE.

O Dieu quel insolent !
Quoy me tirer ainsi, vn effort violent,
Et ie puis viure encor, ô fortune cruelle,
Faut-il que ce brutal trouue que ie suis belle,
Et que pour euiter le peril que ie cours
Le trespas soit le seul qui m'offre son secours.

IODELET.

Ha ! ma Reine de grace.

ISABELLE.

O le dernier des hommes,
Ssache si ce n'estoit les termes où nous sommes,
Que ie t'arracherois & le cœur & les yeux,
Et qu'auec ces deux mains.

IODELET.

Mais plustost faittes mieux,
Souffrez que ie les baise.

ISABELLE.

Ha ie suis enragée!
Quoy ie n'estois donc pas desia trop outragée,
Laissons la ce brutal.

DOM IVAN le surprend.

Ha! ha, maistre vilain,
Vous vous ingerez donc de luy baiser la main.

IODELET.

Moy! c'est qu'elle a baisé la mienne.

DOM IVAN.

Ame de bouë,
Tu railles donc pendart & tu croy que ie iouë,
Infame sac à vin, insolent effronté,
Tu te repentiras de ta temerité.

IODELET.

Ha mon Maistre!

DOM IVAN.

Ha coquin!

IODELET.

Ha la teste, ha l'espaule!

Ha de grace Seigneur !

DOM IVAN.

Si i'auois vne gaule ,
Ie te ferois crier d'vne estrange façon :
Mon Dieu c'est elle mesme.

IODELET se iette sur son maistre.

Et comment beau garçon,
Oses-tu deuant moy mesdire d'Izabelle ?
Tn ne la trouue donc que passablement belle,
Maistre grimpe potence, & par haut & par bas,
Et de pieds & de mains.

ISABELLE.

He ne le frappez pas

DOM IVAN.

Ha bourreau !

IODELET.

Tu sçauras comme les bras se cassent.

ISABELLE.

Que vous a t'il donc fait ?

IODELET.

IODELET.

Ce sont chaleur qui passent?
Le voyez vous bien là ce vray gripe-manteau,
Il ne merite pas qu'on luy donne de l'eau,
Tu ne la trouue donc que passablement belle,
Et d'esprit elle n'est aussi que telle quelle.

ISABELLE.

Il me hait donc l'ingrat, ha! c'est pour en mourir.

DOM IVAN.

Ie ne puis differer, ie vay me descouurir:
Enfin ie ne suis plus.

IODELET.

Loin loin d'icy profane,
N'atten plus rien de moy, si ce n'est cous de canne,
Puis-ie pas le chassant retenir son habit?

ISABELLE.

Non, non, si i'ay chez vous tant soit peu de credit
Qu'il ne soit point chassé ce n'est pourtant qu'vn
traistre.

Li

DOM IVAN.

Iamais coquin peut il plus offencer son maistre,
Et qui l'eust iamais creu de ce chien de valet.

IODELET.

Ie vous quitte vn moment mon Ange.

ISABELLE.

Iodelet.

DOM IVAN.

Madame.

ISABELLE.

Ie rougis & ne sçay que luy dire
Ie vous nõmois tantost l'Autheur de mon martyre,
Et i'auois de l'amour pour vous, n'en croyez rien,
Ce n'est qu'a Dom Iuan que ie voulois du mien,
Vous estiez Dom Iuan alors, mais à cette heure
Vous estes Iodelet.

DOM LOVIS.

Ha Madame ie meure,
S'il me peut arriuer iamais vn bien plus doux,
Que de voir Dom Iuan quelque iour vostre espoux,

ISABELLE.

N'ie m'ayma iamais, i'en suis trop asseuree.

DOM IVAN.

Iamais chose de moy ne fut plus desirée,
I'y mets toute ma gloire & mon ambition.

ISABELLE.

Vous estes donc content, car c'est ma passion.

DOM IVAN.

Ouy ie serois content trop aymable Isabelle,
Si i'estois asseuré que vous fussiez fidelle :
Mais helas ! iusqu'icy tant mon malheur est grand,
Tout semble vous convaincre, & rien ne vous
deffend.

SCENE VIII.

BEATRIS, ISABELLE.

BEATRIS.

Ls'en est allé, le mignon de couchette,
Ie pourray maintenant tirer de sa cachette
Le Seigneur Dom Louis.

ISABELLE.

L'as-tu bien vû sortir?

BEATRIS.

Il n'en faut point douter.

ISABELLE.

Va le faire partir,
Et me vien retrouuer au iardin,

BEATRIS.

Malheureuse,
Ne voy-ie pas sortir cette Dame pleureuse,

A qui Diable en veut donc ce fantofme hideux,
Pefte foit de la Dame,& du fot d'amoureux.

SCENE IX.

LVCRESSE, DOM LOVIS.

LVCRESSE.

CE procedé nouueau me furprend & m'eftonne,
C'eft mal me proteger alors qu'on m'aban-
donne,
Ie reuiens, m'a t'il dit, à vous dans vn moment,
Et comme fi c'eftoit trop de ce compliment,
Et de m'auoir donné fa chambre pour azile,
Il eft peut eftre allé fe diuertir en ville:
Ie viens tout maintenant d'oüir des gens parler,
Crier fort haut, fe battre, & fe bien quereller:
Tout cecy me paroift de fort mauuais augure,
Mais ie leur veux monftrer vne autre procedure,
Ie prendray congé d'eux auant que de fortir,
Ie ne puis faire moins que les en auertir:

Ie pense que voila la chambre d'Isabelle,
Elle est ouuerte, entrons, & prenons congé d'elle,
Mais i'y voy, ce me semble, vn homme, ô Dieu,
　　　c'est luy!
Ie ne puis l'euiter:

DOM LOVIS.

　　　　　　　　Ie pense qu'auiourd huy
Beatris a dessein de faire icy mon giste,
Mais, ô chere Isabelle, où courez vous si viste?
Ie ne suis pas icy pour vous persecuter:
Quoy vous ne voulez pas seulement m'escouter,
Et cependant pour vous nuit & iour ie souspire,
Helas! ie n'ay qu'vn mot seulement à vous dire,
Vous m'aués enuoyez tantost faire à Burgos
Des crimes assez noirs pour n'auoir point d'esgaux.
Vous m'aués reproché ma flâme criminelle,
Comme si ie trouuois quelque autre fille belle,
Apres vous auoir veu, ou celle, que i'y vy
Dont pour passer le temps ie me feignis rauy,
Ne possedaiamais que des apas vulgaires.　(res
Qu'elle estimoit beaucoup, & qui ne l'estoient gue-
Pour vous le tesmoigner mon nom ie luy feigny,
Et ce fut par pitié que ie me contraigny
A passer quelques nuits deuisant auec elle,
Ie n'en ay depuis eu ny demandé nouuelle,

D'en sçauoir ce n'est pas auiourd'huy mon soucy.

LVCRESSE ouurant son voile.

Ha! ie t'en veux aprendre infame, la voicy,
Celle qui n'eut iamais que des apas vulgaires,
Celle qui t'aimoit tant, & que tu n'aimois gueres,
Qui te hait maintenant, & qui te haira,
Qui morte, ou viue, aimée ou mesprisée ira
Te reprocher partout amant impitoyable,
Que ne t'ayant rien fait que n'estre pas aymable,
Tu la deuois laisser pour ce qu'elle valoit,
Sans feindre de l'aymer, ouy traistre il le faloit,
Et ne l'appeller pas & ton ame, & ta Reine.
Helas! i'aurois vn frere, & ie serois sans peine,
Au lieu que ie me voy par cette trahison
Sans honneur, sans appuy, sans frere, & sans mai-
  son,
Tu pense m'eschapper homicide pariure,
Au secours, à la force.

DOM LOVIS.

Ha! Madame ie iure
Que vous serez contente.

LVCRESSE.

Ame & double & sans foy.

SCENE X.

DOM IVAN, LVCRESSE, DOM LOVIS,

DOM IVAN.

QVel desordre est cecy?

LVCRESSE.

Dieu qu'est-ce que ie voy?

DOM IVAN.

N'est-ce pas là ma sœur?

LVCRESSE.

N'est-ce pas là mon frere?

DOM IVAN.

Et l'vn & l'autre obiect me mettent en coleres,

DOM LOVIS.

A qui donc en veut il?

DOM IVAN

DOM IVAN.

Ie suis tout asseuré
Du crime de ma sœur, ie n'ay pas aueré
Tout à fait mes soupçons, commençons donc par elle.
Malheureuse.

LVCRESSE.

Ha Seigneur !

DOM LOVIS.

I'entreprend sa querelle,
Encore qu'elle cherche à se venger de moy ;
Mais quel droit pretens tu sur elle ?

DOM IVAN.

Ie le doy.

DOM LOVIS.

Toy n'es-tu pas valet ?

DOM IVAN.

Dom Iuan est mon maistre,
Son honneur est le mien.

LVCRESSE.

Il se celle peut estre
M

Auec quelque deſſein.

DOM LOVIS.

> Quoy me voir quereller
Deux fois par vn valet.

DOM IVAN.

> Ha! non pour s'en aller,
C'eſt ce que ie ne veux, & ne dois pas permettre:
Mais en cette maiſon qui vous a donc pû mettre,
Et pourquoy tant de cris?

LVCRESSE.

> Vous allez tout ſçauoir,
J'entrois dans cette chambre, & c'eſtoit pour y voir
Iſabelle, i'ay veu cét homme, ce me ſemble,
Qui m'a paru ſurpris, las encore i'en tremble!
A quelle intention il s'y vouloit cacher,
Ie ne ſçay, le voyant ſortir pour l'empeſcher,
J'ay, crié mais ie croy que ſans voſtre venuë.

DOM IVAN.

C'eſt aſſez, c'eſt aſſez, mon offence eſt connuë,
Ie veux fermer la porte.

LVCRESSE.

Helas! ie meurs de peur.

DOM IVAN.

Il faut, ô Dom Louis, faire voir ſa valeur.

DOM LOVIS.

Tu mourras de ma main.

DOM IVAN.

Ie vous tien.

LVCRESSE.

Ie ſuis morte.

DOM LOVIS.

On frape, on vient à nous.

DOM IVAN.

Acheuons, il n'importe.

M ij

SCENE XI.

DOM FERNAND, LVCRESSE, DOM
IVAN, DOM LOVIS, ISABELLE,
DOM FERNAND dehors.

IL la faut enfoncer.

LVCRESSE.

Ie feray bien d'ouurir.

DOM IVAN parlant bas à fa fœur.

N'ouure pas, fi par toy l'on peut me defcouurir.

LVCRESSE.

Ha Seigneur, Dom Fernand, appellez tous les
voftres.

DOM FERNAND.

Arreftez, par la mort, le premier de vous autres,
Qui ne rengainera, ie feray contre luy:
O Dieu que d'embarras m'accablent au iourd'huy,

Qui vous a mis icy, mon Neueu, vous Lucreſſe ?
Qui vous a deſcouuerte, & vous quel mal vous
Qui n'auez fait encore icy que quereller ? (preſſe ?

DOM LOVIS.

Vous allez tout ſçauoir.

DOM IVAN.

   Non laiſſez moy parler,
Ie le ſçay mieux que luy ; mais il faut que ie ſçache
Si ce n'eſt pas ceans que Lucreſſe ſe cache,
Si Dom Louis n'eſt pas parent de la maiſon.

DOM FERNAND.

Ouy, l'vn & l'autre eſt vray.

DOM IVAN.

   N'eſt ce pas la raiſon
Qu'vn valet dãs l'honneur d'vn maiſtre s'intereſſe,
Lors que dans ſon honneur on l'attaque, on le bleſſe,

DOM FERNAND.

On ne le peut nier.

DOM IVAN.

   Eſcoutez ſi i'ay tort,
Ie ſuis icy couru que l'on crioit bien fort,

     M iij

Lucreſſe auoit trouué ſans doute a l'inſceu d'elle
Dom Louis dans la chambre où ſe couche Iſabelle,
Ie l'ay veué eſplorée aux priſes auec luy,
Il faut qu'il ait eſté caché tout auiourd'huy;
Car ie n'ay pas leué l'œil de deſſus la ruë,
Et l'on n'a pû ſortir ſans paſſer a ma veuë.

DOM LOVIS.

Ha ; c'eſt pour vn valet trop de rafinement.

DOM IVAN.

Ie ne ſuis pas au bout, il faut aſſeurement
Mon Maiſtre eſtant eſpoux de Madame Iſabelle,
Qu'il ſe trouue offencé pour Lucreſſe ou pour elle ;
Il pourroit bien encor l'eſtre pour toutes deux,
Ie ne puis donc manquer en vn cas ſi doûteux,
Puis qu'en toutes les deux il peut aller du noſtre
D'acheuer. Dom Louis, ou pour l'vn ou pour l'autre.

DOM LOVIS.

D'acheuer, tu n'as pas encore commencé.

DOM FERNAND.

Arreſtez Dom Louis, eſtes vous inſensé?
Iodelet, ha vaicy la plus eſtrange affaire.

Dont on ait ouy parler.

DOM IVAN.

Vous n'y pouuez, rien faire,
Il faut que ie le tuë.

DOM FERNAND.

Ha mon cher Iodelet,
Remettez voftre efpée.

ISABELLE.

Il faut que ce valet   (uelle.
Soit ialoux pour fon Maiftre, & la chofe eft nou-

DOM IVAN.

On ne fçauroit iamais vuider noftre querelle,
Mais pour l'amour de vous i'ofe bien hazarder
Vn moyen qui pourra les chofes retarder,
C'eft que vous me faßiez chacun vne promeffe,
Vous Seigneur Dom Fernand de remettre Lu-
Au pouuoir de fon frere alors qu'il le voudra, (creffe
Vous Seigneur Dom Louis alors que l'on pourra,
De vous coupper la gorge auec Dom Iuan mefme.

DOM LOVIS.

Quand à moy ie ne puis fans vne peine extréme

Prendre ou donner parole à des gens comme toy.

DOM IVAN.

Sçachez que Dom Iuan n'est pas autre que moy,
Si ce n'est que bien tost Dom Iuan vous assomme,
Vous sçauez, si ie suis ou puis estre vostre homme.

DOM FERNAND.

Ouy nous vous promettons ce que vous desirez.
Mon Neueu.

DOM LOVIS.

        Ie feray tout ce que vous voudrez,
Ie donne ma parole.

DOM IVAN.

        Et ie donne la mienne
Que ie n'auance rien que Dom Iuan ne tienne.

DOM LOVIS.

Ie n'ay donc qu'à chercher vostre Maistre demain.

DOM IVAN.

Vrayment vous n'aurez pas à faire grand chemin.

                          DOM FERN.

DOM FERNAND.

Ie m'en vay le chercher.

DOM IVAN.

Vous y pourray-ie suiure?

DOM FERNAND.

Ouy, venez.

DOM IVAN.

I'ay bien peur que nous le trouuions yure.

Fin du troisiéme Acte.

N

ACTE IV.

SCENE PREMIERE.
LVCRESSE, ISABELLE, LVCRESSE.

 Oſtre ciuilité m'eſt icy bien cruelle,
Laiſſez moy, laiſſez moy ſortir belle
Iſabelle.

ISABELLE.

Et quoy vous penſiez donc ainſi nous eſchapper,
Le bon homme n'eſt pas ſi facile à tromper,
Il s'en eſt bien douté, mais tantoſt il eſpere
De vous racommoder auecque voſtre frere,
C'eſt vne affaire aiſée ou ie me trompe fort.

LVCRESSE.

Mon frere ne ſe peut flechir que par ma mort,

Deliurez vous plustost de cette infortunée,
Ses pleurs s'accordent mal auec vostre hymenée:
Car vous diray-ie enfin la chose comme elle est,
Dom Iuan n'est rien moins que ce qu'il vous pa-
    roist.

ISABELLE.

Ha! le voicy venir, cachez vous ie vous prie,
Vous n'auez qu'à passer dans cette galerie,
Pour gagner le iardin où ie vous vay trouuer,
Cependant ie me cache icy pour l'obseruer.

SCENE II

IODELET seul & en s'ecurant les dents.

IODELET.

Soyez nettes mes dents, l'honneur vous le com-
    mande,
Perdre les dents est tout le mal que i'apprehende,
L'Ail ma foy vaut mieux qu'vn Oignon,
Quand ie trouue quelque mignon,
Si tost qu'il sent l'Ail que ie mange,
Il fait vne grimace estrange,

                          N ij

Et dit la main sur le roignon,
Fi cela n'est point honorable,
Que beny soyez vous Seigneur,
Qui m'auez fait vn miserable
Qui prefere l'Ail à l'honneur.
Soyez nettes mes dents, &c.
Que ce fut bien fait au destin
De ne faire en moy qu'vn faquin.
Que iamais de rien ne s'offense,
Ma foy i'ay raison quand ie pense
Que plus grand est l'heur du gredin,
Ni que du Prelat en l'Eglise,
Ni que du Prince en vn Estat,
D'estre peu, beaucoup ie me prise,
Il n'est rien tel qu'estre pied plat.
Soyez nettes &c.
Quand ie me mets à discourir
Que le corps en fin doit pourrir,
Le corps humain où la Prudence
Et l'honneur font leur residence,
Ie m'afflige iusqu'au mourir,
Quoy cinq doigts mis sur vne face,
Doiuent-ils estre vn affront tel,
Qu'il faille pour cela qu'on fasse?
Appeller vn homme en duel,
Soyez nettes &c.

Vn Barbier y met bien la main,
Qui bien souuent n'est qu'vn vilain,
Et dans son mestier vn grand aze,
Alors que tel Barbier vous raze,
Il vous gaste vn visage humain,
Pourquoy ne t'en veux tu pas battre,
Toy qu'vn souflet choque si fort
Que tu t'en fais tenir a quatre,
Vn soufletté vaut bien vn mort?
Soyez nettes &c.
Pour moy i'estime moins qu'vn chien,
Celuy qui n'aime icy bas rien,
Que botte en tierce ou bien en quarte,
Ou cheual qui de la main parte,
Ou pistolet qui tire bien,
Faut il qu'en duels on abonde
Pour quelque injure que ce soit
Si coups de baston sont au monde,
Qui font mal quand on les reçoit?
Soyez nettes &c.
Messieurs les lions rugissans,
Qui tout allez esclaircissans
Au gré de vostre iaune bille,
Sçachez qu'aux champs comme à la ville,
Vn souflet vaut mieux que cinq cens
Puisque souflets les deshonorent,
Ou les hommes sont insensez,   N iij

Ou Meßieurs les viuans ignorent,
Quels sont Meßieurs les treßaßez.
Soyez nettes mes dents l'honneur vous le cõmande.
Perdre les dents est tout le mal que i'apprehende,

SCENE III.

BEATRIS, IODELET.

BEATRIS.

H A *Seigneur Dom Iuan l'on vous a bien*
cherché:

IODELET.

L'on me deuoit trouuer, ie n'estois pas caché,
Et qui sont ces chercheurs?

BEATRIS.

L'vn est vostre beau pere,
Et l'autre Dom Louis fils de son deffunt frere,
Vostre valet en est aussi.

IODELET.

I'estois allé
Chez vn amy manger d'vn pied de bœuf sallé,
Ou i'ay trouué d'vn Ail qui sent bien mieux que
 l'Ambre:
Quelle clef tenez vous?

BEATRIS.

Celle de vostre chambre,
Dom Fernand vous destine vn autre apartement
Où vous serez bien mieux & plus commodement.

IODELET.

Pourquoy ce changement?

BEATRIS.

Il craint la medisance,
Et vous ne pouuez pas auecque bien seance,
Coucher prés de sa fille,

IODELET.

Ha! chere Beatris.
Sçay-tu bien que pour toy ie suis d'amour espris,
De tout temps ie me trouue enclin aux Beatrisses,
Pour toy ie couue vn feu plus chaud que des espices.

BEATRIS.

Moy i'aime de tout temps les Seigneurs Dom
Iuans,
Et ie sentis mon mal quand vous vinstes ceans.

IODELET.

Follette, Dieu me sauue.

BEATRIS.

Ha prenez la donc viste.

IODELET.

Mais vien donc me mener iusqu'à ce nouueau
giste.

BEATRIS.

Tarare suiuez moy, i'y vay tout de ce pas.

IODELET.

Larronnesse des cœurs tu n'eschaperas pas:
Las faut il donc pour vous que nostre poitrine arde,
Si vous n'estes pour nous qu'vne Nimphe fuyarde,

SCENE. IV.

SCENE IV.

ISABELLE, BEATRIS.

ISABELLE.

Qvoy Seigneur Dom Iuan, vous courez Beatris.

IODELET.

Ie voulois tant soit peu m'esbaudir les esprits.

ISABELLE.

Ie ne vous croyois pas de si peu de courage.

IODELET.

Ce sont ieux de garçon qui passent auec l'aage.

ISABELLE.

Vous donnerez de vous mauuaise opinion,
Et ie dois bien douter de vostre affection.

O

IODEELET.

Allez vous en filer noftre efpouze future,
Plus grand Dame que vous eft Madame Nature,
Ie fuis fon feruiteur, eg le fus de tout temps,
Et nargue pour tous ceux qui n'en font pas contens.

ISABELLE.

Ie vay donc vous laiffer de peur de vous defplaire.

IODELET.

Obiect charmant eg beau vous ne fçauriez mieux
faire:
Ma foy ie m'y fuis pris de mauuaife façon,
Car ie fçay que fon cœur ne fut iamais glaçon.
Ariftote a raifon, qui dit qu'vne maraude
Ne fe doit point prier, mais qu'il faut à la chaude
La griper aux cheueux, la faifir au collet,
Quelquefois l'affoiblir auec vn beau fouflet,
Si fouflet ne fuffit, vfer de la gourmade,
Si la gourmade eft peu, lors de la baftonnade,
Tout homme de bon fens doit, fe dit-il, vfer
Pour la mettre en eftat de ne rien refufer,
Mais autre cenfeur vient de mes cenfeurs le pire.

SCENE V.

DOM FERNAND, IODELET.

DOM FERNAND.

IE vous cherche par tout Dom Iuan.

IODELET.

Que desire
L'equitable Fernand de son humble valet ?

DOM FERNAND.

N'auez vous rien appris de vostre Iodelet ?

IODELET.

Non, mais deuant la nuit ie le verray possible.

DOM FERNAND.

C'est pour vous proposer chose assez mal plausible.

IODELET.

Quelle est donc cette chose?

DOM FERNAND.

Il faut abſolument
(Penſez bien qu'à regret.)

IODELET.

Que faut il? viſtement

DOM FERNAND.

Aller à la campagne.

IODELET.

Eſt-ce tout que m'importe?

DOM FERNAND.

Ouy, mais c'eſt pour vous battre.

IODELET.

Ha, non en cette ſorte
Il m'importe beaucoup, mais ſi ſans réſiſter
Ie veux vous obeyr à quoy bon m'irriter?

DOM FERNAND.

Parce qu'on vous a fait vne offençe mortelle.
IODELET.
Dom Fernand vous monſtrez icy peu de ceruelle,

Il faut que vous soyez certes vn Maistre fou.

DOM FERNAND.

Courage Dom Iuan, mais puis-ie sçauoir d'où
Vous pouuez inferer que ie ne sois pas sage?

IODELET.

De venir sottement m'auertir d'vn outrage
Que ie ne sçauois point, & ne voulois sçauoir.

DOM FERNAND.

Apprenez en cela que i'ay fait mon deuoir,
Et que si vous voulez vous acquitter du vostre,
Il faut sans vous seruir de la valeur d'vn autre
Auiourd'huy s'il se peut voir l'espee a la main,
Celuy qu'on sçait auoir tué vostre germain,
Il le tua la nuit, soit hazard, soit vaillance
Vous deuez vistement en faire la vengeance.

IODELET.

Fut-ce la nuit?

DOM FERNAND.

La nuit!

IODELET.

Se batte qui voudra,
Puis que sans voir il tuë alors qu'il me verra
Que pourrois-ie durer contre vn tel Matamorre,
Et deplus voulez vous que ie vous die encore
Lauantage qu'auroit ce dangereux garçon?
C'est que cét enragé sçait desia la façon
Dont il faut depescher ceux de nostre lignage.

DOM FERNAND.

Pensez vous Dom Iuan auoir bien du courage?

IODELET.

Ouy-da i'en ay beaucoup, & n'en ay que du bon,
Dittes may seulement où le trouuera t'on?
Est-il bien loin d'icy? se fera t'il attendre?
Sçauez vous son logis? le pourra t'on apprendre?
Et son nom quel est-il?

DOM FERNAND.

Dom Louis de Rochas.

IODELET.

Quoy c'est vostre neueu, ie ne me bas donc pas

Puis qu'il a vostre nom qui m'est si venerable,
Cette qualité m'est assez considerable,
Pour me mettre a ses pieds où ie le trouueray,
Et si vous le voulez, mesme ie l'aymeray.

DOM FERNAND.

Ce n'est pas tout encor vne seconde offence
Vous deuroit contre luy porter à la vengeance,
Vostre sœur a suiet de s'en plaindre bien fort.

IODELET.

Ie veux qu'en offençant ma sœur il ait eu tort,
Mais ie suis de serment, & n'en desplaise aux
*   Dames*
De ne prendre iamais querelle pour des femmes.

DOM FERNAND.

Vous estes vn Poltron, où ie me trompe bien.

IODELET.

Au beau pere cela ne doit toucher en rien.
DOM FERNAND.
Aprenez neantmoins que tout cecy me touche.

IODELET.

Beau pere trop hargneux, beau pere trop farouche,

Beau pere aßaßinans, & beau pere eternel
Qui me viens proposer vn acte criminel
Que vous a desia fait vn miserable gendre
Que vous taschez desia de voir son sang reßandre?
Monseigneur Belzebut qui vous puiße emporter,
Vous auroit-il chargé de me venir tenter,
Si le danger n'estoit que d'vn simple homicide,
Mais vous voulez sur moy voir faire vn gendricide,
Et le faire deuant la consommation,
Est certes Dom Fernand tres cruelle action.

DOM FERNAND.

Vostre valet tantost a donné sa parolle
De se battre pour vous.

IODELET.

        Qu'il la tienne le drosle,
Ie ne suis point ialoux de le voir plein de cœur.

DOM FERNAND.

Vous ne vous battez point pour frere ny pour sœur.

IODELET.

Il faut estre en humeur, pour se battre, & ie
   meure,
Si i'y fus iamais moins que i'y suis à cette heure.
                  DOM FERN.

DOM FERNAND.

Ie vous croyois vaillant, ie me suis bien trompé.

IODELET.

Quand d'vn glaiue tranchant ie seray decoupé
Qu'en sera mieux ma sœur, qu'en sera mieux mon
frere:
Laisse moy donc en paix, homme, singe, ou beau
pere.

DOM FERNAND.

Vous n'auez qu'à chercher autre femme à Madrid.

IODELET.

Que vous eussiez aimé pour vostre gendre vn Cid
Qui vous eust assommé, puis espouzé Chimene.

DOM FERNAND.

N'attendez plus de moy que mespris & que haine,
O le plus grand poltron qui iamais ait esté

IODELET.

Ie suis, ô Dom Fernand, de vostre cruauté,

P.

Malgré vos noires dents Seruiteur tres fidelle,
Et ie le suis aussi de Madame Isabelle.

DOM FERNAND.

Ie ne suis point le vostre & hors de ma maison
Ie vous forcerois bien a me faire raison.

SCENE VI.

DOM IVAN, DOM FERNAND, IODELET.

DOM IVAN.

Qv'auez-vous Dom Fernand qui vous met
en colere?

DOM FERNAND.

Ce gendre mal choisi.

IODELET.

Parlez mieux mon beau pere.

DOM FERNAND.

Esloignons nous de luy, ce gendre donc maudit
Vous desauoüe en tout, & m'a nettement dit.

Qu'il n'eſtoit point d'auis de venger ſon offence,
Et qu'il ne fut iamais enclin à la vengeance,
Meſme il m'a quaſi dit qu'il a perdu le cœur,
Faittes luy reuenir, ſauuez luy ſon honneur,
Trop fidelle valet d'vn trop timide maiſtre,
Monſtrez luy viuement quel homme il deuroit
   eſtre,
Qu'eſtant de Dom Louis doublement outragé,
C'eſt l'auoir bien ſeruy que l'auoir engagé,
Quoy que ſon ennemy ſoit homme redoutable,
Que cette offence auſſi n'eſt guere ſupportable:
Monſtrez vous bon amy, monſtrez vous bon valet,
Inſpirez luy du cœur valeureux Iodelet:
Ie ſçay bien qu'en cecy i'ay quelque part à prendre,
Mais touchant mon deuoir on ne peut rien m'ap-
   prendre,
Si i'eſtois offencé comme luy doublement,
On verroit Dom Fernand agir tout autrement,
Enfin n'oubliez rien affin qu'il ſeuertüe,
Son ennemy l'attend au bout de cette rüe,
Qui s'imaginera qu'on le redoute fort
Ie m'en vay le trouuer.

DOM IVAN.

Mais de quel autre tort

Mon maiftre Dom Iuan doit il tirer vengeance?

DOM FERNAND.

Il vous apprendra tout, le voicy qui s'auance.

DOM IVAN.

Or ça mon Iodelet, dy moy fans rien changer
Quels outrages nouueaux auons nous à venger?

SCENE VII

IODELET, DOM IVAN.

IODELET.

S'En eft il en allé?

DOM IVAN.

Ouy.

IODEELET.

Tant mieux que ie meure
S'il ne m'a quaſi fait enrager tout à l'heure,

Seigneur il n'eſt plus temps de ſe plus deguiſer,
Le faire plus long temps ce feroit niaiſer,
Dom Louis en feroit vne piece pour rire,
Mais l'auez vous pour moy deſſié.

DOM IVAN.

Sans luy dire
Que i'eſtois Dom Iuan, ouy ie l'ay deſſié,
Et ma foy ie m'eſtois touſiours bien deſſié,
Que ce ieune galand caioloit Iſabelle,
Enfin ie l'ay trouué tantoſt caché chez elle,
Et ſans vn accident que ie te dois celer
Nous nous fuſſions battus au lieu de que eller,
Et ie n'ay ſeulement l'affaire differée,
Qu'attendant que ie voye vn peu mieux auerée
Vne choſe qui n'eſt encore en mon eſprit,
Qu'vn ſuiet de ſoupçon de rage & de deſpit,
Car enfin ce peut-eſtre vn coup de temeraire,
Vn tour de Beatris, que l'argent a fait faire,
Puis i'ay quelques raiſons pour croire aſſeurement
Qu' Iſabelle en cecy ne trempe nullement.

IODELET.

Monſieur ce n'eſt pas tout que voſtre ialouſie,
Autre choſe vous doit brouiller la fantaiſie

Dom Louis en l'honneur vous offence bien fort,
De vous expliquer mieux la chose i'aurois tort,
Elle ne peut quasi s'entendre ny se dire,
L'vn & l'autre l'augmente, & la rend toussiours
    pire.

DOM IVAN.

Ha! ne me là di point, ie la deuine assez,
Mais que tous mes malheurs & presens & passez
Se bandent contre moy, i'ay pour moy mon courage,
Et qui le sçait encor?

IODELET.

Tout le monde.

DOM IVAN.

                   Ha! i'enrage.
Ha! maintenant fureur ie m'abandonne à vous,
Et Dom Fernand, est il pour nous ou contre nous?

IODELET.

Dom Louis est son sang, mais pour l'honneur du
    vostre
Il fait ce qu'on ne fit iamais pour pas vn autre,
Il veut que Dom Louis vous en fasse raison,
Et Dom Louis m'attend prés de cette maison,

Qui me croit Dom Iuan.

DOM IVAN.

Il faut que ie le tue,
Mais on est bien souuent separé dans la rue,
Les combats de paué sont moins guerre que paix,
C'est à quoy ie ne puis me resoudre iamais,
I'hazarde ma vengeance allant à la campagne,
On n'y fait quasi plus de combat en Espagne,
Qu'on ne conte la chose autrement qu'elle n'est
Et ce lieu de combat moins que l'autre me plaist
Si dans quelque maison quoy que contre la mode.

IODELET.

Attendez ie vous trouue vne place commode,
Ie tiens icy la clef d'vn bas appartement,
Où nous deuons coucher, la tres commodement
Vous vous pourrez venger presqu'aux yeux d'Isa-
    belle,
Sans qu'il en soit rien sceu que de son pere ou d'elle.

DOM IVAN.

Ha! mon cher Iodelet, que tu l'as bien choisi,
Va viste le trouuer.

IODELET.

Mais plustost allez-y.

Il est temps ou iamais qu'on scache qui vous estes,
Comment pretendez vous faire ce que vous faites,
Et passer pour vallet, allez, allez Seigneur,
Vous descouurir, vous battre, & venger vostre
bonneur.

DOM IVAN.

Quoy si par vn effet de pure ialousie
Pour vn simple soupçon né dans ma fantaisie
I'ay deguise mon nom, veux-tu pour vn affront,
De qui le moindre mal est de rougir mon front,
Que ie m'aille monstrer, ah plustost ie te prie,
Si tu n'aime mieux voir Dom Iuan en furie,
Souffre encore mon nom qui ne t'offence en rien,
Vne offence est bien pire, & ie la souffre bien.

IODELET.

Vous me l'ordonnez donc.

DOM IVAN.

Mesme ie t'en coniure.

IODELET.

Il vous faut obeyr, mais si par auanture,
Comme les hommes sont souuent impatiens
Il vouloit desgainer deuant qu'estre ceans,

Que

Que fera Iodelet qui n'ayme point la guerre,
Et qui se plaist bien fort au seiour de la terre.

DOM IVAN.

Fay luy signe de loin, il ne manquera pas
De te venir trouuer : & toy d'vn mesme pas
Tu me l'ameneras en cette chambre basse.

IODELET.

Autre difficulté mon esprit embarasse,
S'il est court de visiere.

DOM IVAN.

     Ha ! c'est trop discourir
Ne me replique plus, & me le vas querir.

IODELET.

Ce dur commandement terriblement me cho-
 que,
Mais Seigneur gardez vous sur tout de l'equi-
 uoque,
Discernez Iodelet d'auecque Dom Louis,
On a souuent les yeux de colere esblouïs,

Q

Et si sans y penser deuant Dom Louis i'entre,
Et que sans y penser vous me perciez le ventre,
Me disant Iodelet, ma foy i'en suis marry,
Ie seray tout a l'heure & content & guery.

Fin du quatriéme Acte.

ACTE V.

SCENE PREMIERE.

BEATRIS *entre par vne petite porte vne*
chandelle à la main.

BEATRIS.

Leurez, pleurez mes yeux l'honneur vous
le commande,
S'il vous reste des pleurs donnez m'en j'en
demande.
Ie viens d'allumer ma chandelle,
La nuit noire comme du verre,
Vient d'arriuer pompeuse & belle
Plus que ie ne la vis iamais,
De ses Damoiselles suiuantes,
Les estoilles estincellantes,
Elle traine vn brillant troupeau,
Que ses seruantes sont heureuses,

Q ij

Si d'vn valet qui se croit beau
Elles ne sont point amoureuses.
Pleurez &c.
Estoilles luisantes & nettes
Si vous en aimiez comme moy,
Toutes celestes que vous estes
Vous enrageriez sur ma foy,
Tantost ce Grenadin, ce More
Comme du feu qui me deuore
Ie luy contois la cruauté,
M'a dit que ie ne valois gueres,
Et qu'il estoit bien fort tenté
De me donner les estriuieres.
Pleurez &c.
D'escus vne assez bonne somme
Deuant luy ie faisois sonner,
Et luy faisois assez voir comme
Moy qui prens ie luy veux donner:
Aussi tost cette ame rebource,
M'a donné de ma mesme bource
Vn si grand coup dessus le cou
Que ie m'en sens toute eschinée:
O que pour aimer vn tel fou
Il faut que ie sois forcenée!
Pleurez, pleurez &c.
S'il plaisoit à la destinée,

Qu'il fut l'importun à son tour,
Et Beatris l'inportunée
Alors a beau ieu beau retour,
Encore aurois-ie quelque ioye,
Mais helas! iusque dans le foye
Il me brusle le faux larron,
Et s'en rit l'impitoyable homme
Aussi fort qu'autre fois Neron
Rioit alors qu'il brusloit Rome.
Pleurez, pleurez &c.
  Et cependant mon mal me presse,
Mais quelqu'un vient par l'escalier,
C'est Isabelle ma maistresse,
Reprenons nostre chandelier :
Que si quelqu'un de l'assistance
Trouue qu'à moy n'apartient stance,
Qu'il sçache que l'Autheur discret,
Qui sçait fort bien que le collogue
Est dangereux pour le secret
M'a regalé d'un soliloque.
Pleurez, pleurez mes yeux &c.

SCENE II.

ISABELLE, BEATRIS, LVCRESSE.

ISABELLE.

Madame Beatris que faittes vous icy?

BEATRIS.

Ie prepare vne chambre à voſtre Amant tranſi,
Et vous d'ou venez vous, & Madame Lucreſſe?

ISABELLE.

Ie viens de me donner en proye à la triſteſſe.

LVCRESSE.

Madame ie vous dis pour la ſeconde fois
Quand on auroit remis la choſe à voſtre chois
Vous ne pouuiez choiſir en toute la Caſtille
Vn plus digne mary d'vne excellente fille :
Alors que Dom Iuan vous ſera mieux connu
Vous me confeſſerez que ie vous ay tenu.

Vn discours veritable.

ISABELLE.

Et moy ie vous asseure
Lors que si richement vous faites sa peinture
Qu'il faut que de nous deux quelqu'vne resue bien,
Vous de le croire tel, moy de n'en croire rien.
Helas! à vous sa sœur l'oserois-ie bien dire?
Il semble qu'il ne songe à rien qu'à faire rire,
Tousiours dans l'action d'vn homme extrauagant
Soit par accoustumance, ou soit par accident,
Parlant tousiours du nez, & de plus il affecte,
La façon de parler tousiours la moins correcte
Tousiours quelque mot goinfre est dans tous ses dis-
cours
Et ie pourrois passer heureusement mes iours
Auec vn tel Espoux, ah! fille mal-heureuse!
Encor si ie pouuois estre Religieuse:
Mais helas! ie me sens pour la Religion,
Et pour ce braue espoux pareille auersion.

BEATRIS.

Finissez, finissez vostre querimonie,
Et gagnons l'escalier; & sans ceremonie,
Quelqu'vn ouure la porte, & l'on vous surprendra
Quant à moy ie m'en fuis, me suiue qui voudra.

SCENE III.

DOM IVAN, IODELET, DOM LOVIS.

DOM IVAN ouure la porte & en oste la clef.

Laiſſons la porte ouuerte, & gagnons cét Al-
coue,
Ie les entens venir.

IODELET.

Mon Maiſtre Dieu m·ſauue
Ne fut iamais qu'vn traiſtre, il s'en eſt en allé,
Helas i'en ay le ſang quaſi tout congelé,
Et qui l'euſt iamais crû? peſte il ſerme la porte
Que deuiendray-ie donc?

DOM LOVIS.

Nous pouuons de la ſorte
Nous battre tout le ſaoul, ſi le cœur vous en dit.

IODELET.

Nous me pardonnerez, ie n'ay point d'appetit.

DOM LOVIS.

DOM LOVIS.

Que differez vous donc à venger vostre outrage ?
Ie crains vostre raison moins que vostre courage:
Vous ne medittes mot, & bien qu' attendons nous?
Ha! vrayment si i' estois offencé comme vous,
Ie vous monstrerois bien vne autre impatience.

IODELET.

Mon Maistre asseurement n' a point de conscience.

DOM LOVIS.

Que Diable cherchez vous ?

IODELET.

Ie cherche ma valeur.

DOM LOVIS.

Apres auoir tantost monstré tant de chaleur
Vous estes maintenant, ce me semble, vn peu tiede,
Mais pour vous réchauffer ie tiens vn bon remede.

IODELET.

Ha bon Dieu ! quelle longue espée à giboyer,
Et qui peut seulement la voir sans s'effrayer.

R

DOM LOVIS.
Dom Iuan est poltron, ou fait semblant de l'estre.

IODEELET.

Le Seigneur soit loüé ie vien de voir mon Maistre,
Ie n'ay plus maintenant qu'à faire le fougueux,
Ma colere est tantost au point où ie la veux:
Si tost qu'elle y sera vous verrez faire rage,
Ha! Seigneur sortèz donc manquez vous de cou-
*   rage?*

DOM IVAN.

Va donc pour l'amuser te battre en reculant.

IODELET pousse vne estocade sans estre en mesure.

Dieu veuille estre auec nous.

DOM LOVIS.

*   L'effort est violent,*
Vous vous battez fort bien.

IODELET.

*   Assez bien, ha que n'ay-ie*
Contre les coups d'estoc quelque bon sortilege, (ser,
Attendez, ah mon maistre, ah c'est trop me pres-
Mon espée est faußée, il la faut redresser,

N'auez vous pas tué mon frere sans lumiere?

DOM LOVIS.

Ouy.

IODELET.

Pour vous tesmoigner que ie ne vous crains guere
Ie ne veux point auoir d'auantage sur vous, (cous:
Ie veux sans voir, vous battre & vous roüer de
Meurs donc chandelle, meurs, & nous laisse en te-
Et vous allez finir vos passetemps funebres, (nebres:
Pour moy qui suis exact en ce que ie promets,
Ie veux estre pendu si l'on m'y prend iamais.

DOM LOVIS.

C'est dans l'obscurité que la lumiere est belle,
Vous ne vous battiez pas si bien à la chandelle,
Et vous m'auez blessé, mais ie m'en vengeray.

SCENE IV.

D. FERNAND, D. LOVIS, IODELET, D. IVAN.

DOM FERNAND.

B Eatris.

DOM IVAN.

Sors, sors viste, ou ie t'estrangleray.

R ij

DOM FERNAND.

Qu'est cecy mes amis?

IODELET.

Ie venge mon offence.

DOM LOVIS.

On m'a tiré du sang i'en veux tirer vengeance.

DOM FERNAND.

Est-ce d'vne estocade, ou d'vn estramaçon?

IODELET.

L'vn & l'autre ma foy n'est point de ma façon.

DOM FERNAND.

Monstrez si vous auez la main vn peu coupée.

IODELET.

La sale vision que de voir vne espée.

DOM FERNAND.

Allons mes chers amis, battez vous hardiment,
Ie ne parois icy pour la paix nullement.

L'vn de qui l'honneur souffre est pour estre mon
   gendre,   (dre,
Et l'autre est mon parent qui voit son sang respan-
Battez vous donc Amis, & bien fort vous serez
Bien plustost animez par moy, que separez.

DOM LOVIS.

Vostre conseil est trop d'vn homme de courage
Pour n'estre pas suiuy.

IODELET.

         De tout mon cœur i'enrage,
Ha le meschant vieillard qui conseille en duel.

DOM LOVIS.

La colere me rend insolent & cruel,
I'ay trompé vostre sœur, i'ay tué vostre frere,
Ie le ferois encor si ie l'auois à faire,
Il ne me reste plus qu'à vous tuer aussi.

DOM IVAN sortant de l'Alcoue.

Vous ne connoissez pas Dom Iuan, le voicy,
Vous trompastes ma sœur, vous tuastes mon frere,
Mais bien-tost vostre mort s'en va me satisfaire,
C'est au vray Dom Iuan qu'appartient seulement
De venger son honneur offencé doublement.

                    R iij

DOM LOVIS.

Quel eſt donc de vous deux Dom Iuan?

DOM IVAN.

C'eſt moy meſme.

DOM LOVIS.

Et luy.

IODELET.

Ie ne le ſuis qu'en cas de ſtratageme.

DOM IVAN.

Ouy ie ſuis Dom Iuan qui vous vient de bleſſer,
Si ie l'ay fait ſans voir, vous pouuez bien penſer,
Qu'à moy venger ma honte eſt choſe fort ayſée,
Maintenant que ie voy celuy qui l'a cauſée
Tandis que mon eſprit à ſeulement douté
I'ay voulu m'eſclaircir, & n'ay rien attenté,
Sous le nom d'vn valet i'ay ſouffert mon offence,
Tandis qu'vn ſeul ſoupçon m'en demandoit ven-
geance
Vous qui me l'auez fait, & l'oſez declarer,
Vous me croyez peut eſtre vn homme à l'endurer,
Ie n'ay pour le ſcauoir de ſcience certaine
Oublieiuſqu'icy ny fineſſe ny peine.

Enfin mon deshonneur ne m'est que trop connu,
Vous sçauez Dom Louis à quoy ie suis tenu
Pour mon sang respandu, i'ay respandu du vostre,
 Mais deux autres suiets m'en demandent bien
   d'autre.
Ie ne puis viure heureux sans vous faire mourir,
Pour cela seulement i'ay deu me descouurir,
Ie suis donc Dom Iuan, que personne n'en doute.

DOM LOVIS.

Croyez vous à ce nom que plus on vous redoute ?

DOM IVAN.

Et croyez vous aussi me donner le trespas,
Vous ne tuez qu'alors que l'on ne vous croit pas :
Mais puis que ie vous voy, qui vous pourra barbare
Garantir de la mort que ma main vous prepare ?
Quand ie vous aurois tous icy pour ennemis,
Ie veux qu'on tienne icy tout ce qu'on a promis
L'on m'a promis ma sœur, il faut qu'on l'effectue,
Ie luy doy vostre mort, il faut que ie vous tue,
Voyez si Dom Iuan tient bien ce qu'il promet,
Soit qu'il paroisse en Maistre, ou se cache en valet :
Dom Fernand tenez, donc la parolle donnée,
Commandez que ma sœur me soit viste amenée,

Et vous le plus mortel de tous mes ennemis
Battez vous contre moy , vous me l'auez promis.

DOM FERNAND.

Ha ! Seigneur Dom Iuan vn peu de patience !

DOM IVAN.

Pour en auoir eu trop i'ay manqué ma vengeance.

DOM FERNAND.

Pourquoy vous estes vous deguisé parmy nous ?

DOM IVAN.

I'estois ialoux.

DOM FERNAND.

De qui ?

DOM IVAN.

De luy.

DOM LOVIS.

De moy.

DOM IVAN.

De vous.

Ie

Ie vous ay vû sortir du Balcon d'Izabelle.

DOM LOVIS.

Vous m'en vistes sortir.

DOM IVAN.

Vous mesme, & puis chez elle
Ie vous ay vû caché, mais ces ialoux soupçons
Ne rallentirent point mon feu de leurs glaçons :
Au contraire il s'accrut auecque violence,
Lors ie me deguisay, ie garday le silence,
Et ne fus pas long temps sans rencontrer en vous
Vn riual dont i'auois suiet d'estre ialoux :
Vous n'excitiez alors que ma simple colere,
Et n'eusse iamais crû que la mort de mon frere
Deust se trouuer encor vn coup de vostre main :
Ie vous croyois Coquet, & non pas inhumain,
Enfin i'ay sçeu depuis qu'vne mortelle offence
Me deuoit contre vous porter à la vengeance,
I'ay crû que vous estiez coupable enuers ma sœur,
I'ay crû que vous estiez son lasche rauisseur,
Lors par ressentiment plus que par ialousie
La fureur contre vous m'auoit l'ame saisie :
I'ay bien tost preferé pour vous priuer du iour
Les soins de mon honneur à ceux de mon amour.

S

Quand on souffre en l'honneur l'amour ne touche
guere,
Maintenant que ie voy que de mon pauure frere,
Que vous auez tué la nuit trop laschement,
Vous m'osez reprocher la mort insolemment:
Que pour vous contre moy le Ciel auec la Terre,
Et tout le genre humain me declare la guerre,
Malgré le Ciel, la Terre, & tout le genre humain,
Il faut que vous mouriez auiourd'huy par ma
main.

DOM LOVIS.

Ceux qui me connoistront sçauront bien que la
crainte
N'est pas ce qui me fait approuuer vostre plainte,
Quand vous me reprochez que vostre frere est mort,
La raison est pour vous, & moy i'ay tousiours tort,
Mais ie deurois plustost estre par cette offence,
Vn obiet de pitié qu'vn obiet de vengeance:
Helas ie le tué, mais comment, & pourquoy?
Et quand ie le sçeu mort, qui pleura plus que moy,
Il m'attaqua la nuit, & moy sans le connoistre,
Ie crû l'ayant tué, n'auoir tué qu'vn traistre:
Malheureux que ie suis, i'auois tué sans voir,
Le plus intime amy que ie croyois auoir,
Ouy ie l'aymois autant qu'on peut aimer vn autre,
Puis qu'il fut mon amy pour deuenir le vostre,

Ie donnerois mon sang, ie donnerois mon cœur,
Et ce discours n'est point vn effet de ma peur.

DOM IVAN.

Outre qu'vn genereux facilement pardonne,
Cette seule raison sans doute est assez bonne,
Ie veux que vous l'ayez tué sans y penser,
Et que vous n'ayez eu dessein de m'offencer :
Mais vous ne vous l'auez icy que d'vne offence,
Et ma sœur contre vous me demande vengeance :
Et puis que son honneur à mon honneur est ioint,
Ie seray sans honneur si ma sœur n'en a point :
En l'humeur où ie suis ie n'ay pas grande enuie,
Si vous m'ostez l'honneur de vous laisser la vie.

DOM LOVIS.

Ie pourrois bien encor espouzant vostre sœur,
Et vous rendre content, & vous rendre l'honneur,
Vous n'auriez plus suiet d'en vouloir à ma vie,
Et ie n'en aurois plus de vous porter enuie :
Quoy que ie visse à vous auec tous ses apas
Celle que i'aimay bien, mais qui ne m'aima pas.
C'est de vous que ie parle, ô trop sage Isabelle,
Qui ne fustes iamais enuers moy que cruelle.
Dom Iuan quittez donc tous vos ialoux soupçons
Que le feu de l'amour en fonde les glaçons,

Ne soyez plus atteint de cette frenesie,
Ny moy l'obiect fascheux de vostre ialousie.
Il est vray Beatris m'a deux fois introduit
Dans sa chambre le iour, dans son Balcon la nuit;
Mais sur ma foy bien loin d'estre de la partie,
De me l'auoir promis, ou d'en estre auertie,
Si tost qu'elle le sceut, elle l'en querella,
Et Beatris pensa s'en aller pour cela.

DOM FERNAND.

Mon Neueu ne dit rien qui ne soit veritable,
Et si cher Dom Iuan vous estes raisonnable,
Vous ne fermerez plus l'oreille à la raison:
Chassons donc le tumulte hors de cette maison,
Et faisons y rentrer la ioye & l'hymenée:
Ca viste que Lucresse icy soit amenée,
Est ma fille Isabelle, ah! ie les voy venir,
Venez, venez tascher de les bien reünir,
Que ie deuray d'encens à la bonté diuine,
Puis qu'elle fait finir cette guerre intestine
Que ie me sens heureux, & vous mes chers enfans,
Tant pour vostre repos que celuy de mes ans,
Deuenez bons amis, embrassez vous ensemble,
Et qu'vne ferme paix à iamais vous assemble.

DOM IVAN.

Ie ne resiste plus, ie suy vostre Conseil.

DOM LOVIS.

Le plaisir que i'en sens n'eut iamais de pareil.

SCENE V.

LVCRESSE, ISABELLE, IODELET,
DOM IVAN, DOM LOVIS, DOM FERNAND.

LVCRESSE.

O Ma chere Isabelle :

ISABELLE.

O ma chere Lucresse !

LVCRESSE.

Que nous auons de ioye apres tant de tristesse.
Et bien auois-ie tort lors que vous vous plaigniez
D'asseurer qu'il n'estoit pas tel que vous disiez,

IODELET

Ie n'ay donc qu'à quitter mon habit de parade,
Puis que ie ne suis plus Dom Iuan d'Aluarade.

DOM IVAN.

Non non cher Iodelet, gardez tous vos bijoux,
Ils vous parent trop bien pour n'estre pas à vous.

DOM LOVIS.

Vous dont l'amitié m'est vn bien inestimable,
Receuez de ma main cette fille adorable.

DOM IVAN.

Vous que ie hayssois tantost de tout mon cœur,
Sçachez que ie suis vostre aussi bien que ma sœur.

DOM FERNAND.

Allons mes chers enfans, finir cette iournée
Par l'accomplissement de ce double hymenée.

IODELET.

Ma foy vous n'estes pas encor où vous pensez,
Et les discors icy ne sont pas tous passez,
Il me faut vn Portrait que retient Isabelle,
Qui pend à deux rubans au fonds de sa ruelle,

Moy qui ne sçay si c'est ou pour bien, ou pour ou mal
Qu'elle garde vn Portrait perdant l'original :
Ie veux qu'on me le rende, oubien la Comedie,
Par moy Dom Iodelet deuiendra Tragedie.
Ouy ie la veux auoir cette Idole de prix
Pour en fauoriser ma cher Beatris.

FIN.

V. RÉSERV

1438